あるいは酒でいっぱいの海

筒井康隆

河出書房新社

あるいは酒でいっぱいの海　目次

あるいは酒でいっぱいの海

あるいは酒でいっぱいの海

放課後、いつものように化学実験室でいろいろな実験をしているとき、おれはとんでもないものを作りあげてしまった。

おれは化学が好きだから、教師の許可を得て、よくこの部屋で実験をするのだ。そのとき部屋には、おれひとりだった。

とんでもないものといったところで、不老長寿の薬だとか、からだが大きくなったり小さくなったりするＳＦ的な薬だとか、そんな非現実的なものではない。酸素からヘリウムをとり出す薬だ。つまり、O_{16}を元素転換して、その中からヘリウムの原子を二個とび出させるという薬品を作ってしまったのである。

なんだそんなことと思うかもしれないが、じつはこれは大変なことなのである。日本にはヘリウムがないのだ。

アメリカでは、地下からヘリウムが噴出している。ところが、外国へ輸出してはいけないという法律があるらしく、日本にはくれないのだ。ひょっとするとこれは、大もうけをすることになるかもしれないぞ、と、おれは思った。

アクアラングや潜水服を作っている父が、以前、ヘリウムをほしがっていたことを思い出し、おれはその日その薬を持って帰った。思ったとおり、父はびっくりした。

「とんでもないものを作ったな」と、父はいった。「潜水病を防ぐためには、ヘリウム混合酸素というのは、ぜったい必要なのだ。よし、さっそくその薬を、明日から大量生産させよう」

次の日、父はおれの作った薬をポケットに入れたまま、新しく作ったアクアラングのテストをするため、ヨットで海に出かけていった。

その日の放課後も、おれは化学実験室に入って、昨日作ったのと同じ薬を調合した。ところがうっかりしてその薬を、テーブルの下においてあったバケツの中に落してしまったのである。バケツには水がいっぱい入っていた。たちまち、水はごぼごぼと泡立ち、わき返った。すごい勢いである。

ちょっとおかしいな、と、おれは思った。ヘリウムが発生するだけにしては、こんなに泡立ち、わき返る筈《はず》がないのだ。

もういちど薬の効果をよくたしかめてから、おれは今度こそ、ほんとにびっくりした。O_{16}から原子が二個とび出した。そこまではいい。だが酸素の残りは、なんとC_{12}になっていたのである。おれの作った薬は、酸素を急激に炭素に変える触媒の役目を果すのだ。それだけではない。薬は、大量に作る必要などちっともなく、ごく少量の水の中へ落すだけで、いくらでも連鎖反応を起すことがわかったのだ。

その時、化学実験室の中の電話が鳴った。受話器をとりあげると、父の声が大きく響いてきた。

「えらいことをした。さっき、あの薬をうっかりして船から海の中へ落してしまった」

おれは息をのんだ。さあえらいことになったぞ。「それで、どうなりました」

「海面ぜんたいが、ぼこぼことわき返った」

おれはげっそりして、受話器を置いた。

それから、ぎょっとして考えた。海水は、H_2O, NaCl, MgCl などでできている。

その中のO_{16}がC_{12}になればどうなるか。ふるえあがった。C_2H_5OHだ。酒だ。世界中の海が酒になっちまった。にがりのきいた辛口の酒だ。いや、海だけではない。海は世界中の水とつながり、陸へ触手をのばしている。だから連鎖反応を起しながら、それは水のあるところ、川をのぼり湖に入り、池に沼に貯水池に入り、さらには水道に入り、すべてを酒に変えてしまったのだ。

もう無茶苦茶だ。

これが酔わずにいられるものか。おれはバケツをとり、まだわき立っているバケツの中の酒をがぶがぶと飲んだ。

ところがおれは忘れていたのだ。人体の九十九パーセントは水だということを。

たちまちおれは酒になった。

消失

にこにこ顔のスチュワーデスが通路に出てきて、百人の乗客にしゃべりはじめた。

「ご搭乗の皆さま。機はまもなく墜落いたします」

百人の乗客がいっせいに悲鳴をあげた。

「冗談をいうにも、ほどがある」百人の乗客のうちのひとりが叫んだ。

「バカはやめろ」

「本当です」スチュワーデスはにこにこ顔のままでふるえていた。「操縦士が気を失って倒れたのです。このままでは海に落ちます」

「いったいどうしたんだ」乗客がたずねた。

彼女は答えた。「食中毒のようです」

「副操縦士はどうした」

「副操縦士も意識不明です。ふたりは出発前に、いっしょに食事をしたのです。気を失う前、あの肉が悪かったと申しておりました」

「乗客のなかに医者はいないか」だれかがそう叫んだ。「ひとりぐらい、乗っているはずだ」

だが、乗客の中には歯医者と獣医がひとりずついるだけだった。

「いったい、腐った肉などを、どこの食堂で食べたんだ」と、乗客のひとりが絶叫した。

「空港内にあるレストラン『三急』です。経営は三急株式会社で、そこの社長さんはこの機に乗っていらっしゃいます」

あいかわらずにこにこ顔のままで、スチュワーデスがひとりの中年男の顔を指した。乗客たちは全員いっせいに、その男の顔を鋭くにらみつけた。

一時間ののち、奇跡的に意識を回復した機長は、墜落寸前の機を海上へ着水させた。

九十九人の乗客が、無事に救い出された。

鏡よ鏡

「鏡よ鏡。鏡さん」と、醜《みにく》い王様が鏡に訊《たず》ねた。「世界でいちばん醜い男はだれじゃ」

鏡はいつもと同じ答えをくり返した。「はい王様。それは仕立屋のハンスです」

王様は安心して、鏡の間を出ていった。

一週間ののち、王様はまた鏡の間へやってきて、同じことを訊ねた。「鏡よ鏡。鏡さん。世界でいちばん醜い男はだれじゃ」

「それがそのう」鏡はいいにくそうに答えた。「仕立屋のハンスが大病で、今夜あたり死ぬはずなのです」

「ううん。あいつ、死ぬのか」王様はうめいた。それからもじもじして鏡にいった。

「ハンスが死んだら、いちばん醜いのはその、つまり、わしということになるのかね」

鏡はだまっていた。

「やいこら鏡」王様はいらいらして叫んだ。

「もしハンスが死んで、世界でいちばん醜いのはわしだなどとぬかしたら、粉ごなに砕いてしまってやるぞ。わかったな」王様はいらいらと、鏡の間を出ていった。

翌朝、ハンスが死んだという報告を受けた王様が、鏡の間へかけこんできて叫んだ。「さあ鏡。まさかわしのことを世界でいちばん醜い男とは申すまいな。どうじゃ」

「ちがいます。ちがいます」鏡はなぜか浮きうきして答えた。「王様ではございません」

「おお。わしより醜い男が他にいたか」王様は安心して、ほっと溜息《ためいき》をついた。

「で、その男というのは、いったいだれじゃ」

鏡はいった。「今しがた産室でお生れになったばかりの王子様、つまりあなたの息子さんでございます」

いいえ

ディレクターの家へ、若い娘がやってきていった。「あの、あたし女優になりたいんですけど」

「じゃ、テストしてみよう。これから君は、わたしのいうことに、すべて『いいえ』と答えなきゃいけない。わかったね」

「いいえ」

「そうそう、その調子。なかなか素質があるよ。ところで君は、ぼくみたいな男性は好きじゃないだろうね」

「いいえ」

「ますます、よろしい。映画にでもテレビにでも出してあげるよ」ディレクターは立ちあがり、娘に近づいた。「でも、いくらぼくが好きだといっても、こんなふうに、キスされるのはいやだろ。やっぱり」

「い、いいえ」娘は抵抗した。

「ほう、そうかい」彼は娘に、強引にキスをした。「じゃ、ここをこんなふうにされるのは、いやだろうね」

「いいえ」娘ははげしく抵抗した。

「ほう、そうかい、そうかい。でも、いくら何でもここにこうされるのはいやだろうね」

「いいえ！　いいえ！　いいえ！」

「そうかい、そうかい」ディレクターはくすくす笑いながらつぶやいた。「これなら、いくら録音や盗み聞きをされていたって大丈夫だ。まったく、われながらうまい手を思いついたもんだ。わはははは！」

「いいえ！　いいえ！　いいえ！」

法外な税金

「ふん、火星植民地へ行った者は、二度と地球に住めないだって？　そんなことは信じないぞ。おれはちゃんと地球に帰ってきたじゃないか。成功して、大金持になって」

彼は満足だった。十年間、火星で働き続けたため、莫大《ばくだい》な金を手にして故郷の星に戻ってきたのである。食うや食わず、着のみ着のままで働いた甲斐《かい》があったのだ。

「さあ、やりたいことをやるぞ」

彼はさっそく広い土地を買い、家を建て、車を買い、犬を飼い、ピアノを買った。あまりいい気になって高価なものを買い過ぎたため金が残りわずかになってしまった。

「まあいいさ、地球で働けばいいいんだ」

ところが、買ったものすべてに法外な税金がかかってきた。とても払いきれない額の税金だった。

彼はあわててピアノを売払った。そのため、また法外な税金がかかってきた。犬を売り、車を売った。それにも税金がかかってきた。最後には土地を売った。それに対して、莫大な税金がかかってきた。家を人に貸そうとすると、差押えられてしまった。

「二度と地球に住めないとは、こういうことだったのか」彼はがっかりして、また火星へ戻って行った。

人びとは彼を嘲《あざけ》って口ぐちにいった。「ふん、人口過剰の地球よりは、火星で働いた方が金もうけできるにきまっている。そんな連中に、戻ってきて大きな顔をされてたまるか」

女の年齢

教壇に立った酒井は、最前列の女生徒を見てとびあがるほど驚いた。

「わっ、この子はおれが昨夜遊んだ女ではないか」

「旦那《だんな》いい女子高校生がいますよ」ポン引きにそういわれ、高校生なんてどうせ嘘《うそ》だろうと思いながら遊んだのが、こともあろうに自分の勤める高校で自分の講義を受けている生徒だったのだ。そういえば昨夜も彼女を見て、そのあまりの幼さに、もしかするとほんとに高校生かもしれないと思い、女の年齢だけはまったくわからないなどと思ったりしたのだ。

しどろもどろの講義を終えると、酒井はさっそく彼女を廊下へ呼び出した。不良娘にはヒモがついている。脅迫されてはたまらない。酒井には妻もあり、子もあるのだ。

「先生、わたしをおしかりになるんですか」意外にも娘はしおらしく、訊《たず》ねてきた。

「と、とんでもない」酒井はおろおろ声でいった。「ぼ、ぼくの方こそ悪いことをしてしまった。知、知らなかったとはいえ教え子をその。とにかく君、昨夜のことは、ぼくたちの秘密にしようよ。ね、しからないから。ぼ、ぼくにだって家庭が。あの妻や子が」

「あらぁ。そのことでしたらご心配なく」彼女はにっこり笑った。「黙ってますわ。わたしにだって、夫や子供がいますから」

「ええっ」酒井は目を丸くした。「おさな妻は最近の流行だが、子供までいるのか」

「ええ。高校二年の女の子が」と、彼女はいった。「今日は病気なので、わたしが代返するために出席したんです」

ケンタウルスの殺人

一

「参考人たちが来ました」と、部下のジュン刑事がいった「誰から始めますか?」

「そうだな。ホテルの支配人から始めようか」私は汗を拭《ぬぐ》いながらそう答えた。

この、アルファ・ケンタウリ第二惑星はすごく暑い上に、湿度が高い。じっとしていても、たちまち汗が噴き出す。だからこの星では、どんな部屋にでも冷房装置と、真空乾燥機が設置してあるのだが、この地球連邦警察ケンタウルス星警本部には、予算を節約するために小型の装置しかない。だからワイシャツのクリーニング代が高くついてしかたがない。もっとも最近では洗わなくてもいいワイシャツという便利なものも売ってはいるが、刑事部長の薄給ではとても買えない。

部屋の中へ、ジュン刑事に導かれて、ハーキュリイ・ホテルの支配人が入ってきた。五十歳前後で、世馴《よな》れた様子の痩《や》せた男だ。彼は私のデスクの前の椅子に腰をおろすと、立てつづけに五、六回頭をさげて、申しわけなさそうにいった。「このたびはどうも……。まったく、私どもの方の手違いで……」

「ほう？　何故あんたの方の手違いなんですか？」

私が不思議そうな顔で訊《たず》ねると、彼は少しとまどった様子だった。

「それは……、その、つまり、私どもの手違いでお客様を殺してしまったということでございます。ですからその責任は、支配人であるこの私に……」

「まあ、お待ちなさい」私は彼を制した。「何か勘違いしとられるようだが。リュウ氏は事故死じゃない、他殺なんですよ。これは殺人事件なんだ」

「なんですと！」支配人は驚いた様子だったが、自分の責任ではないと知って、少しほっとしたようでもあった。「ほう……。そうでしたか――。それは……」

「最初からうかがいましょう」と、私はいった。「リュウ氏がやって来た時のことから」

「はい」支配人はちょっと考えてから喋《しゃべ》りはじめた。「リュウ様はルナ・シティ（月面の晴の海にある都市）からの定期貨客便で、宇宙空港へ三時に到着され、そこからホテルの方へお電話でお部屋のご予約をなさったようです。つまり、係の者がそう申しておりましたのです。リュウ様は当地にお見えになりますと、いつも私どもの方にお泊りになるのです。ホテルへ来られたのは三時半でした。よいお客様ですから私がお出迎え申しあげ、四号室にご案内いたしました。そして……」

「ちょっと。あなたはリュウ氏の職業をご存じなのですか？」と、ジュン刑事が横から訊ねた。

「それがご本業なのかどうかは存じませんが」支配人は首を傾《かし》げた。「宝石類のセールスをなさってるんじゃありますまいか？」

「まあ、よろしい」私はいった。「で、その時の室内の様子は？」

「はい。ご存じの通り、私どものホテルには、地球人でないお客様もよくお泊りになりますので、そのたびに室内の気圧や空気を変えなければなりません。ですからすべての部屋はあの通り気密室になっており、入口も気閘《エア・ロック》――つまり二重ドアになっています。四号室はあの時、窓を全部閉めてありました」

「リュウ氏の様子はどうでした？」

「よいご機嫌でした。私にもあまり上品ではない冗談を二つ三つ申されました。それをお話ししますか？」

「それには及びません。リュウ氏は荷物をクロークへ預けましたか？」

「いいえ。黒革の小型トランクをお持ちでしたが、私がお部屋にお運びしました」

「それからどうしました？」

「私はお飲み物のご用をうけたまわって、ドアを閉め、それをボーイに命じますために、ロビーに引き返しました。その途中で、玄関から勢いよく入って来られたオデン様のお姿をチラと拝見しました」

「オデンさんというのは？」

「はい。オデン様はリュウ様の……。ええ、何と申しましょうか……その」

「情婦だね？」

「左様……でございます。それもリュウ様がこの星に来られた時だけの……その」

「いや、もう結構、私たちは知っています。ただ、あなたがご存じかどうかと思って、わざと訊ねただけです」

「これはお人が悪い」支配人は汗を拭った。

「続けてください」と、私はいった。

「オデン様は、まっすぐ四号室の方へ廊下を歩いて行かれました。私はルーム・サービスにリュウ様のお飲み物をお運びするよう命じ、事務室に戻りました」

「オデンさんが帰るところは見ていないわけですね？」

「左様で。もっともあとでボーイに聞きますと、それから四、五分してオデン様が、プリプリ怒ってひとりでお帰りになったと……」

「いや、あなたが直接見たことだけをおっしゃってください」

「これは失礼申しあげました。私はそれから十一時ごろまで、事務室で雑用に追いまわされ、一段落しましてから、一服しようとして、戸棚からウィスキーの瓶《びん》をとり出しました。ところがそれが、どうしたはずみか、手から落ちて砕け、床がビショビショになってしまったのです。部屋が酒の匂いでプンプンし始めました。これはいかんと思い、私は地下の動力室へ行きまして、事務室の乾燥機の作動スイッチを入れました」

「その動力室へは、誰でも入れるのですか」

「はい、鍵《かぎ》はかけてございませんから、誰でも入れます。で、私はスイッチを入れ、ついでにあたりのメーターを点検しておりますと、なんと驚いたことに、四号室の乾燥機のスイッチを、もう六時間もつけっぱなしにしたままではありませんか！　私はあわてて、そのスイッチを切りました。乾燥機は、お客様のお泊りになっていない間だけつけるものです。こんなことはこの星の常識ですが、乾燥機は室内に人のいない時にだけ作動させるものです。だいいち、中に人がいないにしろ、三時間以上もつけっぱなしにしては、室内の家具がボロボロになってしまいます。こいつは大変だ、そう思いまして、私はボーイの一人といっしょに四号室へ駈《か》けつけました。ドアを開き、中をのぞきますと……。おお、リュウ様が部屋のまん中で――。ああ恐ろしや。ひ、ひ、ひからびて――ミ、ミイラみたいに……」支配人は両手で顔を覆った。

二

次に入ってきたのは、四号室のリュウ氏に飲み物を運んだというホテルのボーイだった。無表情な、若い男である。

「名前は?」と、ジュン刑事が訊ねた。

「R‐12号です」

「ほう、じゃお前はロボットか?」ジュン刑事は、急にぞんざいな口調になっていった。

「アンドロイドです」と、R‐12号は少し不満そうに答えた。アンドロイドというのは、できるかぎり人間に似せて作られた、ロボットの中の、いわば最高級品である。

「似たようなものだ」ジュン刑事は、人間そっくりのR‐12号をじろじろ観察しながらいった。「リュウ氏の部屋へ飲み物を運んだ時の様子をいえ」

「はい」彼は少し金属的な声で話し始めた。「支配人からの命令で、私は四号室へレベル・セブンを運びました」

「レベル・セブンって何だ?」

R‐12号は機械的に喋り出した。「ドライ・ジン〇・三六九オンス、イタリアン・ベルモット〇・一八二オンス、火星産アンゴスチュラビター〇・〇二九オンス、卵白八分の一、マラスキーチェリー……」

「もういい」私は彼を制した。「カクテルといえばいいんだ。四号室に誰がいた?」

「リュウ様と、オデン様です。お二人は、ダイヤモンドのことで言い争っておられました。リュウ様がルナ・シティで安く仕入れてこられたダイヤモンドを、オデン様がひとつ欲しいとおっしゃっていました」

「それをもっと、くわしく話しなさい」

「はい、それではお二人の会話を、再現してみます」いきなりR-12号の口から、若い女のヒステリックな声がとび出したのにはおどろいた。「欲ばり! ひとつも呉《く》れないの? 月へ行けばダイヤなんか、ゴロゴロ転がってるんでしょ! 私だって、ひとつぐらい貰《もら》う権利はあるわ! そうよ、当然の権利を、私は要求するわ!」続いて声は、中年男のらしいだみ声に変った。「ふん! ここまで運んでくるのに、どれだけ苦労したと思うんだ! お前にやるダイヤなんか、ひとつもない。出ていけ帰れ帰れ!」「いったわね! おぼえていらっしゃい!」

「たいした芸当だな」ジュン刑事があきれてR-12号を眺めながらいった。

「で、リュウ氏はそのダイヤを、オデンさんに見せびらかしていたのか?」

私が訊ねると、R-12号はかぶりを振っていった。「いいえ。リュウ様はそのダイヤを六個とも、黒革のトランクの中にしまったまま、オデン様には見せてあげようとなさいませんでした。はい」

ジュン刑事が立ちあがり、大声で怒鳴りつけた。「貴様だな！　リュウ氏を殺したのは！　さあ、さっさと泥を吐いてしまえ！　ダイヤは黒革のトランクの中から盗まれていたんだ！　どうして貴様、トランクの中にダイヤが六個あることを知っているんだ！　犯人は貴様だろう、いやそうだ、そうに違いない」

「待ってください」R－12号はジュン刑事の剣幕に、おどおどしながら答えた。「盗んだのは私じゃありません。私にはトランクの中のダイヤが見えたのです」

「何だと？」

「私の眼は透視光線を出せるのです」と、R－12号はいった。「レントゲン、顕微鏡、部品を換えれば天体望遠鏡にもなります」

「能がきはそれくらいでいい」と、私はいった。「だけど、どうしてお前はトランクの中を透視する気になったのだ？」

「それはその、やはり、ダイヤに興味があったからです」

「ほう？　ロボットがなぜダイヤなどに興味を持つんだ？　不自然だな」

「ちっとも不自然じゃありません」Ｒ‐12号は私の言葉にまんまとひっかかり、身をのり出して、むきになっていった。「私の体内の人工頭脳には、問題の帰納や演《えん》繹《えき》を行う制御装置があり、それにはダイヤが使われています。だからダイヤには興味があります」

「よし、わかった、わかった」私は彼を制した。「ところでお前は、作られてから何年めになる?」

「はい。もう二十八年になります」

「二十八年か」私はうなずいた。「とすると、その制御装置のダイヤは、だいぶ摩滅しているだろうな?」

Ｒ‐12号は、急にそわそわしはじめた。

「そのダイヤが摩滅してなくなると、お前はどうなるんだ? 新しいダイヤを、主人からもらえるのか?」

「とんでもない」Ｒ‐12号はしょんぼりとうなだれた。「新しい型のアンドロイドが、いくらでも生産されてきます。古いものは、使えなくなるとスクラップ場行きです」彼はシクシク泣き始めた。「こんなことって、あるでしょうか? 私はもっと生きたい……生きたいのです……」

　私はジュン刑事と眼くばせしあった。

「最後にもうひとつ」と、私は訊ねた。「リュウ氏とオデンさんは、喧嘩《けんか》別れをしたわけだな？　仲直りはしなかったのだな？」

「はい、私がまだ部屋にいる間に、オデンさんはカンカンに怒って部屋を出て行かれました。私も、お飲み物をお給仕し終ると、すぐそのあとからお部屋を出ました」

「ご苦労さま。帰ってよろしい」

　R－12号は、まだめそめそしながら、部屋を出ていった。

「次の参考人は？」

「オデンさんをあちこち探しているのですが、まだ見つからないようです」と、ジュン刑事はいった。

「ご報告します」鑑識課の男が入ってきていった。「死体の乾燥度その他から判断して、死亡時刻は五時頃と推定されます。おそらく被害者は、何者かが地下室で入れたスイッチのため、部屋の乾燥機が作動しはじめたのを知り、おどろいて部屋を出ようとしたが時すでに遅く、気分が悪くなってぶっ倒れ、そのまま乾燥してしまったものと思われます。終り」

三

「オデンさんとやらは、まだ見つからないのか?」と、しばらくしてから私は訊ねた。

「まだのようです」ジュン刑事は肩をすくめて答えた。「オデンさんというのは、二十三、四歳の美しい女性だそうですが、あいにくとアルコール中毒だそうです。刑事たちが、彼女の友達の家や市内のバーを探しまわっていますが、まだ、見つからないそうです。友達の話によりますと、きっとどこかの男と、どこかの安ホテルへしけ込んでいるのだろうと……。彼女はこの町の有名な札つき娘です。金さえくれれば誰とでもOKだという評判です。面白いことに」彼はにやりと笑っていった。「リュウ氏に会う前、彼女はあのホテルの支配人といい仲だったそうです」

「ほう。すると支配人が嫉妬《しっと》して殺したのかもしれんな」

「事件の発見者を一応疑ってみるわけですね?　なるほど。仮に彼が殺人者でなくても、死体を発見した際にそのダイヤを持って出たのかもしれませんね」

「いや、それはできなかっただろう。彼はボーイといっしょに部屋に入り、死体を発見し、その部屋から警察に電話して、警官たちが到着するまで、その部屋を出なかったそうだからな」

「そうでしたね」ジュン刑事はうなずいた。「今までのところ、隣室にセットしておいたエレクトロン嘘《うそ》発見機には、反応はひとつも出ていませんからね」

「ということは、今までの証言はすべて真実だということだ。もっとも嘘発見機は法律的には効果はないが、今じゃもう、科学的には充分信用できる装置だからな」

「とすると……。ねえ部長、これは本当に殺人事件でしょうか?」ジュン刑事は首を傾げた。「誰かが間違えてあの部屋の乾燥機を作動させ、その為にリュウ氏が死に、そのあとで入っていった誰かが偶然ダイヤを見つけて盗んだということは考えられませんか?」

「あの部屋の様子から見て、それは考えられんな」と、私はいった。「犯人は他のものには眼もくれず、ダイヤだけを盗んでいる。最初からダイヤだけが狙いだったわけだ。犯人は、リュウ氏がダイヤを持っていることを知っている者だった。そしてまた、リュウ氏がダイヤから眼を放さないだろうことも知っている者だった。だからダイヤを盗んだ奴すなわち殺人者といえる」

その時、ひとりの警官が部屋へ入ってきて、私たちに敬礼した。「部長、参考人をつれてまいりました」

「オデンさんが見つかったのか？」

「いえ、別の参考人です。オリオン星人で、クラクラという外交官ですが、重大な証言をしたいと申しています」

「何だって？　ロボットの次は異星人か」ジュン刑事は溜息《ためいき》をついた。「だんだん話がややこしくなるな」

「よかろう。鄭重《ていちょう》にお連れしなさい」

警官につれられて入ってきたのは、私が昔、地球で見たことのあるエビという高価な食用動物に似た恰好《かっこう》の、ひとりのオリオン星人だった。

「この星、空気が薄い。私、息苦しい。困ります」クラクラ氏はそういいながら、鋏《はさみ》になった両腕を振り立てて、ヨタヨタと私の机の前に立った。

「ささ、どうぞおかけください」いくら下等動物に似ているとはいえ、相手は外交官だ。ていねいに扱わなければならない。

「私、事件のこと、ホテルで聞きました。そこで私、重大な証言します。私、犯人目撃した思います。これ、証言、重大です」

「たしかに重大です」私はうなずいた。「お話をうかがいましょう」

「私、二日前からあのハーキュリイ・ホテルの三号室、泊っています。事件あった部屋、その隣りの部屋です。わかりますか？　そこで私、今日十時、よそへ行くために自分の部屋——三号室出ました。その時、隣りの部屋へ入って行く地球人の姿見ました。その人若い女のひとでした。十時です。隣りの部屋の人、死んでいた時間です。だからダイヤ盗んだの、その人です。と、いうことは、あの部屋乾燥させたのも、きっとその人です」

「ちょっと……。ダイヤが盗まれたり、あの部屋が乾燥していたことを、どうしてあなたがご存じなのですか？」

「死体が発見されて、警察がきて、ホテル中大騒ぎのまっ最中、私、外出先から戻りました。その時に、警察の人やホテルの人から、くわしいこと聞きました。部屋へ戻ってから、私、よく考えました。急に、若い女の人のこと思い出しました。それであわてて、ここへ来ました。この証言、重大ですか?」

「ご協力感謝します。とても重大です」と、私は頭をさげた。

「その若い女の人が隣りの部屋へ入ったのは、たしかに十時でしたか?」

「たしかに十時です」

「殺人事件のあった部屋へ入ったのに間違いありませんね?」

「間違いありません。私、出がけに、支配人にロビーのルーム・サービスのところで会いました。それで、隣りの部屋に泊っている人は若い女の人かと訊ねました。支配人は、違ういいました。隣りの部屋の人は、ダイヤモンドどっさり持ったリュウという人で、その若い女の人オデンさん、リュウさんの愛人、そういいました」

「すると、支配人はリュウ氏がダイヤを持っていることを知っていたんですね」

「そうです。私その時支配人に、あなたどうしてそんなくわしいこと知っているのか訊ねました。支配人答えました。リュウさんさっき冗談いった。その中で月のこと、ダイヤのことといった。それでピンときた。そういいました。本当です」

「さっき、もっと詳しく訊《き》いときゃよかったな、その冗談のことを……」

私はジュン刑事の手前、自分のミスに赤面して、ブツブツと呟《つぶや》いた。

「それからすぐ、外出されたんですね？」とジュン刑事が訊ねた。

「そうです。帰ってくると大へんな騒ぎになっていました。私、びっくりしました」

私はジュン刑事に訊ねた。「オデンさんの写真はあるか？」

「はい、彼女の友達から借りてきたのが一枚あります。これです」

私はその写真をクラクラ氏に見せた。「あなたの見た人は、たしかにこの人でしたか？」

クラクラ氏は大きくうなずいた。「うん、この人、間違いないです。たしかにたしかにこの人です」

四

クラクラ氏が部屋を出て行くと、ジュン刑事は私にいった。

「容疑者がだんだんふえていきますね。あのオリオン星人も、リュウ氏がダイヤを持っていることを、支配人から聞いて知っていたわけだ」

「そう。それにオリオン星人というのは、宝石類に異常な執着を持つと聞いたことがある。しかしあの人はおかしな人だな。四号室といわずに『隣りの部屋』とばかりいっていた。ああそうだ、隣室の嘘発見機の反応はどうだった？」

「それが」ジュン刑事は首を傾げた。「あの異星人も、どうやら嘘はついていない様子なのです」

「ふうん、それはおかしいな」私も首をひねった。「ところで、リュウ氏がダイヤを持っていることを知っていた者は、これで四人になったな」

「ええ、支配人とロボットと、オデンさんとクラクラ氏ですね。支配人とロボットとクラクラ氏にさっき訊ねましたら、そのことは他の誰にも喋らなかったそうです。これも嘘発見機のテストで合格です。あと、オデンさんがどこかで誰かに話していないとすれば」

「オデンさんを、やっと見つけました」さっきの警察官が入ってきていった。

「よし、すぐつれてこい」

「それが駄目です。ぐでんぐでんに酔っぱらっていて、口もきけません」

「五時から十一時までの、アリバイはあるのか？」

「バーをはしごで飲み歩いたそうで、はっきりしたことは誰にもわかりません」

「ダイヤのことを、誰かに喋っていたか?」

「それはもう、ダイヤ、ダイヤといって、わめきちらしていたそうです。ところが」警官は苦笑した。「この町の人たちは、彼女のいうことは、ぜんぜん信用しないんだそうで、また何かわめいているぞと、笑って見ていたそうです」

「よし、彼女を婦人用のトラ箱へ留置しておけ」

警官は出て行き、私はジュン刑事にいった。「今までの取調べは、全部録音したか?」

「してあります」

「それをもう一度、最初から聞かせてくれ」

ジュン刑事は、部屋の隅のレコーダーのスイッチを入れた。

私は眼を閉じ、煙草をくゆらせながら耳をすませた。

半分も聞かないうちに、私は自分の椅子の上で大きくとびあがった。

「そうか。わかったぞ。犯人はあいつだ」


(解決篇は二一七頁)

トンネル現象

私鉄の駅までの道のりの、半分がた歩いたころ、私は定期入れを忘れてきたのに気がついて舌うちした。

家までとりに戻っていると、遅刻は確実だ。しかたがない。切符を買おう――そう思って歩き出したとたん、こんどは財布まで忘れてきたのを知って、私はとびあがった。

私の勤めている商社は遅刻がうるさい。それに私は、今月になってすでに二度も遅刻しているのだ。

もういちど、上着のポケットを探って見た。ごていねいに、小銭入れやハンカチ、タバコまで忘れてきてしまっている。

今日から冬服に着かえたのはいいのだが、秋の背広のポケットの中のものを移し変えないまま、せんたく屋が来たら出すつもりで押入《おしい》れの中へ投げ込んできてしまったのだ。

小銭がなければ、電車の切符さえ買えない。私はあきらめて、家への道を引返しはじめた。課長の怒った顔が目の前にちらついたが、どうしようもない。

独身アパートの三階の一室――六畳ひと間が私の部屋だ。本箱とすわり机とタンスがあるきりの、殺風景な部屋である。三和土《たたき》にくつを脱ぎ捨て、すぐに押入れの、片開きの戸をあけた。奥の方に投げ込んだらしく、背広がなかなか見あたらない。私は押入れの中にはいり、ふとんの向うがわを、ごそごそと手さぐりした。

その時だった。どうした加減か、押入れの戸がパタンと締まってしまったのである。

まっ暗闇の中で、私は戸に尻《しり》を押され、積みあげてあったふとんの向う側へ、どしんと落ちてしまった。

――おや、この押入れは、こんなに奥行が広かったのかな?

私は立ちあがって、二、三歩あるいてみた。ところが、奥の壁にぶつからないのだ。私はぞっとした。この押入れの裏側は廊下のはずだから、本当なら私は、そのせまい廊下のまん中あたりにいる勘定になる。しかし、さらに数歩あるいても、壁らしいものは何もない。それどころか、二、三メートル先に、明るい光線が見えはじめたのである。まっ暗闇なのでよくわからないが、壁の隙間のようなものがあって、その向う側から光がさしこんでいるらしい。

私はしばらく立ちすくんでいた。

近ごろSFなどという読物が流行しだして、こんな話はよく聞かされるのだが、いざ自分の身にこんな怪異がふりかかってくると、バカバカしいと笑うどころではない。気味が悪かった。

やがて私は、そろそろと二、三歩あるいて、その光の洩《も》れ口に近づいた。周囲を叩《たた》いてみると、軽い金属製品らしい手ざわりがあり、カンカンという音がした。私はおそるおそる、隙間からそとをのぞこうとして、金属壁に身を押しつけ、光に目を近づけた。

と、突然、ドアがパッと開き、私は外へころび出た。明るさに、目がクラクラした。やがて、周囲を見まわして、私はおどろいた。そこは会社の事務室だったのだ。

ふり返って、私の出てきたところを見ると、さらにおどろいたことには、私のロッカーのドアが開いたままになっていた。つまり私は自分の部屋の押入れから、会社の自分のロッカーの中へと移動したのである。

そんなバカな！

私はしばらく、口をぽかんと開いたまま、あきれてロッカーを見つめ続けた。ロッカーの中には偶然何も入っていなかった。しかし、ロッカーの奥の壁は、ちゃんとあった。

まだ出勤時間より四十分も早いので、さいわい事務所の中には、掃除婦のおばさんしかいなかった。彼女は、私がいきなりロッカーの中から出てきたので、あっけにとられて、ぼんやり私を見つめていた。

「やあ、おはよう」私は彼女にあいさつして、ごまかした。

「おはようございます」彼女はそういってから、私の顔と、靴下をはいただけの足をまじまじとながめ、たずねた。「あんたは、そんなロッカーの中で、何をしていなさったのかね？」

私はどぎまぎしながら答えた。「な、なあにね。ちょっと、さがし物をしていたら、いきなり戸が締まっちゃって、出られなくなっちゃったんだ」

「へえ、そうかね」彼女はなおも、疑わしげに、私をじろじろと見た。そして、つぶやいた。「私はずっと、この部屋にいたんだがねえ」

やがて、社員たちが出社してきた。彼らはみな、いつも時間ぎりぎりに出てくる私が、いやに早くから来ているので、ふしぎそうな顔をした。

その日は一日中、仕事が手につかず、へまばかりしていた。しかたなく、私は残業することにした。もちろん、残業した理由は他にもあった。あのロッカーを、だれもいなくなってから調べてやろうとしたのである。

部屋から、会社へ来ることができたのだから、逆に、会社から部屋へ戻ることもできるかもしれない。もしそうできるのなら、しめたものである。

仕事を全部片づけてしまってから、私は自分のロッカーのドアをあけ、中へ入った。そしてドアを締め、奥の方へ向った。手を突出して見た。何もない。

どうやらドアを締めると同時に奥の壁がなくなってしまうらしい。押入れの方にしても同じなのだろう。その原因は——。

原因はわからない。こんな無茶苦茶なことがわかってたまるものか！　また、わかりたくもない。わかったら気が違ってしまうかもしれない。

朝と同じことを逆にくり返し、私はぶじに押入れのドアをあけ、自分の部屋へころがり出ることができた。

それからは、出勤がぐっと楽になった。もう、ラッシュアワーのすしづめ電車に乗らなくてすむし、だいいちに交通費がいらない。出勤に費やす時間も、二、三分ですむ。

ただ、起床時間を遅らせるわけにはいかなかった。出勤時間ぎりぎりに、社員の大勢いる事務所のまん中へロッカーからとび出したりしたら、妙に思われるに決っている。二度や三度なら、何とかごま化せるだろうが、たび重なると、あいつは毎朝ロッカーの中から出てくるといって、皆が怪しみ出すにきまっているのだ。だから早く出勤した。

私はこの現象を、トンネルと名づけることにした。このトンネル現象を、私は誰にも話すつもりはなかった。自分ひとりだけの秘密にしておきたかった。いつか、何かの役に立つことがあるかもしれないと思ったからである。すでに、役には立っていたが、もっと大きな役に立つかもしれない。私が自分でも驚くほどのすばらしい出世をする「きっかけ」になるような、何かの大きな役に——私はそう思った。

このような奇現象を、研究している人があると聞く。教えてやれば喜ぶだろうが、マスコミが関係してきたりすると話がややこしくなるし、私の平穏無事な生活が破壊されることになる。だれにもしゃべるまい――私はそう決心した。

できるだけ早く、まだだれも出勤していないうちに出社するよう努めたのだが、やはりそのうちに、私のロッカーから出る姿を目撃した社員などがあって、皆が疑い出した。勤務時間中、私のロッカーのドアをあけて、中をのぞき込んでいる奴もいた。

ある日、私は、同僚の伊藤という男に誘われて、昼休みの時間に、近所の喫茶店へお茶を飲みに出かけた。この男は博学多識で、かわったことをよく知っている。口が堅いので、この男にならしゃべってもいいな――と私は思った。

そこで、絶対に他の者にはいわないでくれと口止めしておいて、私は彼にトンネル現象のことを全部話したのである。

「そんなことじゃないかと思っていたよ。どうも君の近ごろのようすは変だった」

彼は、あまり驚かなかった。

「そういう現象は、世界のあちこちで起っているんだ。昔から、いわゆる〝神かくし〟という名で呼ばれているものだがね。ただ、人間って奴はどうも、自分たちの現在の科学で理解できないことを、本能的に嫌うらしいんだな。いずれも科学的に分析しようとせずに、そのまま忘れてしまおうとする傾向がある。科学ってのは不確実なものを確実なものにしていく過程だろう、だから科学が発展するためには、その培地として、つねに不確実な、ふしぎな現象がなければならないわけで、君のようなケースが、もっと起ったっていいはずなんだよ」

「ところで、ぼくのトンネル現象だが、君ならあれを、どう解釈する」

「空間のひずみだろうな」

「何だそれは」

「空間がところどころ、四次元的に歪曲《わいきょく》していることさ。空間のひずみによってできた穴の片方から入り、片方から出るということさ。出られない場合もある。一八八〇年九月二十三日、テネシー州ガラティンから数キロメートル離れた農場で、ダビッド・ラングの神かくしという事件が起ったが、これなどは、空間のひずみに入ったまま出てこられなかった例じゃないかといわれている。この男は夫人と二人の子どもと、他にもう二人の男の見ている前で、いきなり消えちまった。君の場合のように、出口がなかったので、そのまま出てこられなかったんだろう。また、合衆国の南東海岸沖の比較的狭い区域で、今までに二十機以上の航空機が消え失せている例もある。また、空間のひずみを通り抜けた例では、ある日突然東京で消えた男が、同時にアフリカのキンバリーで発見されたという例もあるんだ。その他、こんな例は無数にあるんだよ。君の場合は、部屋の押入れの中と、ロッカーの中とが、四次元的につながっていた——つまり、ひずみの穴の両側に当っていたというわけだね。君がそれをトンネル現象と名づけたのは、ある程度当っている。つまり、その穴というのは、形のある穴ではなく、トンネルの、穴だけ残して周囲を取去ったようなものだからだ」

説明を聞かされたものの、やはり私には、何が何だかわからなかった。

ところがある日のこと、私がロッカーの中で何をしているのかを見ようとした奴がいた。おそらく彼は、私がロッカーに入るまで事務所のどこかに隠れていたのだろう。私の入ったロッカーに近づき、ドアをあけたのだ。

私はその時、ほとんど押入れの中近くまで、暗闇の中を歩いてきていた。背後で、うわ！　と叫ぶ声を聞いた私は、おどろいて振返った。闇の中にあけ放されたロッカーの入口が見え、その前に立ちすくんでいるらしい男のシルエットが、一瞬見えた。そのとたん、私は、はげしい目まいにおそわれて、その場にぶっ倒れてしまったのである。吐き気がこみあげ、頭痛がし、私は気を失った。

しばらくして気がついた時、私は押入れのふとんの上に倒れていた。押入れの戸の隙間から、明るく光がさし込んでいた。私はあわてて、うしろを振返った。そこに押入れの奥の壁があった。戸が締まっているのに、奥の壁があるのだ。もう、ロッカーの方へは出られなかった。

トンネルは、埋められてしまったのだ。

私はすぐに、伊藤の自宅に電話して、このことを話した。

伊藤は少しあわてて、いった。

「君は倒れた時、押入れの中へ倒れこんだわけだな。よかった。もし、反対側へ倒れていたとしたら、例のダビッド・ラングみたいに、永久に閉ざされた空間から出られなかったかもしれないぞ」

私はぞっとすると同時に、ほっとした。「よかった。ところで、なぜ空間が閉じられてしまったんだろう?」

「ロッカー側のドアをあけたことによって、それまで空間のひずみを作り、穴をあけていた微妙なバランスが破られて、正常な空間になってしまったんだ。もし君がその中にいて、正常な空間に押出されたとしても、君の身体は、裏がえしになって出てきたかもしれないぞ」

「おどかすなよ」私はちょっとふるえた。

「身体に異常はないか？」

「今のところ、何ともない」

「そうか。だが、当分気をつけた方がいいな」

「どうしてだ？」

「押入れといい、ロッカーといい、どちらも君に関係したものだ。とすると、君の中の何かが空間のひずみを作り出す過程に参加しているのかもしれない。君の脳波か、あるいは君の深層意識か、あるいは……」

「もうご免だ」

「とにかく、気をつけた方がいいぞ」

彼は本当に心配そうだった。

「そんなに突然に、ひずみが正常に戻ったとすると、君のその近辺に何かしわよせが起っているかもしれない」

「別のトンネルが、どこかにできているかもしれないっていうのか？」

「そうだ。しかしそいつは、トンネルじゃないかもしれない。はいると出てこられない穴かもしれんぞ。気をつけろ」

私はふるえながら受話器を置いた。

だが、その日は何も起らなかった。

次の日、私はいつもの通りに目をさました。もうトンネルはないのだから、今日からまたラッシュの郊外電車に揺られて出勤しなくてはならない。新しいくつ下を出そうとして、私はタンスの、一番上のひき出しをあけた。

とたんに、目がくらくらとした。

そのひき出しには、底がなかった。それどころか、そのはるか下にひろがっているのは、虚空の闇だった。果てしない夜空だった。

はるかに見おろす夜空――そこには満天の星がきらめき、またたいて――またたいて。

九十年安保の全学連

「あっ。やってまいりました。やってまいりました。視聴者の皆さまお待ちかね、全学連であります」国会議事堂の正面に横づけした中継車の屋根の、テレビカメラの横で、おれはマイクに向い、そう叫んだ。

「でも、たった五人だよ」カメラマンが、まごつきながら不満そうにいった。

「かまわん。望遠レンズを使え」おれのうしろで、ディレクターが叫んだ。「クローズ・アップで撮るんだ」

屁《へ》っぴりごしでやってきた五人の全学連は、おそるおそる角材をつき出しながら、ゆっくりとこちらに近づいてくる。

「半泣きです」と、カメラマンが弱りきってディレクターにいった。

「アップにはできません。といって、ロングで撮るわけにもいきません。五人しかいないことが、わかってしまいます」

「くそっ。なんだ、あのざまは。もっと勇ましくできないのか」ディレクターは舌打ちした。「これじゃニュースにならない」

「ねえ、先生」と、おれは隣りの解説者に、マイクをつき出して訊《たず》ねた。「どうして今日のデモは、こんなに低調なのですか」

「そうですなあ」解説者も困っていた。「今日のデモは、三十年前から継続されている安保条約を、こんどこそ破棄させようというので、相当もりあがるはずだと思っていたのですがねえ。どうも、ぱっとしませんねえ」

「そっちへカメラを向けます」ディレクターが、中継車の横に整列している警察機動隊へ、レシーバー用マイクで伝えた。「襲いかかってください」

数千人の機動隊員が、鼓膜《こまく》も破れんばかりの喊声《かんせい》をあげ、たった五人の全学連の方へ突撃を開始した。五人の全学連は、あまりの恐ろしさにヘタヘタと腰を抜かして地べたへすわりこんだ。ガタガタ顫《ふる》えながら、あたりの小石をつまみ、機動隊の方へ力なく投げるだけである。

「怪我させないように」と、あわててディレクターがレシーバー用マイクにいった。

「その五人の中には、うちの局からのエキストラがいるんだ」

「モヤシめ」と、解説者が歯ぎしりした。「おれの学生時代は、もっと派手にやったもんだ。何だなんだ、あのざまは」

「どうしてあんなに、人数が少ないんでしょう。昔は何千人もいたんでしょう」

「今だって、何千人もいます。ただ、七十年安保の二、三年前から今まで、全学連は分裂に分裂をかさね、小派が乱立したのです。あの三人は百三十七派系に含まれる社学同解放ML統一派の構造改革国際主義分派の連中です。五人もいるから、多数派でしょうね。ひとり一派というのも最近はざらですから」

「さっきから、十分間にひと組、三十分間にふた組という具合に、ばらばらになってやってきますが、あれはどうしてですか」

「彼らは共闘を嫌うのです」と、おれの質問に解説者が答えた。「他派と顔を合わせると、必ず殴《なぐ》りあわなきゃいけない。マスコミ、大衆がそれを期待しているので、その期待どおりやらなきゃいけないのです。最近は機動隊の連中がやさしくなっていますから、彼らとしてはむしろ、他派の連中の方が恐ろしいのでしょうね。互いに怖《こわ》がりあっています」

機動隊は全学連をとりかこんでしまった。学生たちの姿は、見えなくなってしまった。

「どうします。あれ、撮りますすか」カメラマンが投げやりにディレクターを振りむいて訊ねた。彼はあきれかえっていた。

「こんなことなら、もっとエキストラを多くするんだった」ディレクターは苦《にが》り切ってそういった。「せめて、全学連保護協会の連中が来てくれりゃ、もっと見られたのに」

「全学連保護協会の連中は、どうしてこないんでしょうね」と、おれは解説者に訊ねた。

「協会の連中はみな、進歩的と自称する文化人ばかりで、いそがしいのです。初代の全学連委員長だって、テレビに出たり本を書いたり、その本がベストセラーになったりして、今やマスコミ界の売れっ子です」

「その意味では、今や全学連の学生ぜんぶがマスコミ界の売れっ子ではないのですか」

「そのとおりです。だから彼らも今や、デモよりはテレビ出演でいそがしいのです。

最近では国会議員になろうとすれば、まず全学連に入り、タレントになり、立候補してタレント議員になるのが常識ですね。今、国会では過半数がタレント議員ではないでしょうか」

「そうですね。だからデモも、ふるわないんでしょうね」

その時、パンパカパーンとファンファーレが鳴りわたり、議事堂の玄関からタレント議員のひとりが出てきて、挨拶をはじめた。「全学連のみなさん。ようこそいらっしゃいました。頑張ってください。あなたたちこそ、若者中の若者、男の中の男一匹です。私と力をあわせ、安保条約を破棄しましょう。粉砕しましょう。しっかり戦ってください。おおいに角材をふるってください」

安保条約なんか、破棄できるもんか――おれはそう思った。全学連がこんなに可愛がられては、もはや昔のバイタリティもなくなって、ただ社会主義各国への申しわけのためにのみ存在しているだけである。

思えば昔は均衡がとれていた。自民党が政権を握り、他方で全学連があばれ、東西両陣営に顔が立ち、経済は発展した。

今はだめだ。全学連は名前だけで、国会にはタレント議員があふれている。何が何だかさっぱりわからない。

　中継車は走り出し、黒山のような機動隊員の中へ割りこんでいった。黒山の中央部では、五人の全学連が逮捕されていた。

「彼らはついに、逮捕されてしまいました。逮捕されてしまいました」おれは馬鹿らしさを押し殺し、できるだけ悲痛な声でマイクに叫んだ。「彼らを救い出す人は、だれもいないのでしょうか」

「もう、よそう」と、ディレクターがおれの尻《しり》を小突いた。「いったん局へ戻ろう」

「こんな程度で、いいのかねえ」と、おれは首をかしげた。

「調整室では、昔の安保デモの時のフィルムと重ねあわせて、適当にごまかしているはずだ」と、彼はいった。「少しは見られるものになっているだろう」

　おれたちは、局へひきあげた。

　おれたちの局は、議事堂の中にある。十数年前、ここへ引っ越したのだ。もとの局舎は、現在タレント養成所になっている。そこではもと国会議員だった連中が、タレント修業をやっているのである。

　議事堂の中の報道部室――もとは閣僚控室だったところだ――へ帰る途中、おれは副調整室へ立寄ってみた。この副調整室は、議場を見おろせるようになっている。

ちょうど、国会が始ったばかりで、演壇ではフォア・ガールズが「開会のボサノバ」を歌っていた。議長席には商品を手にしたスポンサーが腰をおろしている。

客席は今日も満員である。もちろん、タレント議員を見ようとして地方から上京してきた見物客が多いわけだが。

オーケストラ・ボックスで演奏が始った。今日、質問に立つのは、ポピュラー歌手の島ゆり子である。彼女はセクシーな声で歌いはじめた。

〽末端逆ザヤ　赤字がふえて
便乗値上げの　消費者米価……

代用女房始末

ヒルダという女性は、世間一般の女性が悪女である程度に、悪女であったといえる。

もちろん、いいところもあった。おれはその、いいところに惚《ほ》れたわけで、惚れているからには、むろん、悪女的な面も含めて惚れたわけなのだが、最初は悪女的な面など、惚れた弱味で気がつかない。だがそのうち、だんだん彼女の、女性特有のいやらしさが鼻についてきた。

同時にヒルダの方も、おれの男性としての当然の欠点、つまり鈍感さとか、不潔な部分が、やや気になりはじめたようであった。

おれも人間、ヒルダも人間である。だからこれは、当然の成りゆきだったといえる。

一方、配偶者ロボット・サービス会社の調査部の方では、おれとヒルダが恋愛関係になったばかりの頃から、内密に調査をし、おれのアンドロイドと、ヒルダのアンドロイドを作りはじめていたらしい。まことに手まわしのいい話で、先を見越して、どうせ人間同士の交際《つきあい》だから、そういう結果になるだろうと予測していたのである。まったくサービスの行き届いた世の中になったものである。

アンドロイドというのは、ご承知の通り、ロボット以上に人間らしく作られたロボットのことである。

おれとヒルダの関係がやや悪化してきたころ、おれのところへ、配偶者ロボット・サービス会社の社員が、ヒルダそっくりのアンドロイドをつれて売り込みにやってきた。当然のことながら、そのアンドロイドは、ヒルダのいい面ばかりが模写されたものであって、おれの嫌いな例の悪女的な性格は、これっぽっちも持っていなかった。

おれは一も二もなく、そのアンドロイドと結婚した。アンドロイドであるから、セックスの点に関しては文句のつけようがない。つまり並の女性に比べれば、段違いにいいのだ。

一方ヒルダの方も、おれのいい面ばかりを備えた、おれに似たアンドロイドを買い取って、華燭《かしょく》の典をあげたようであった。

最近、ほとんどの人間は、アンドロイドと結婚しているようだ。人間と機械の交わりは、すでに常識化していた。大昔は、週刊誌がロボット特集をしたり、人間がロボットと結婚する話をSF作家に書かせたりしていたようだが、現在からふり返ってみると、まことに幼稚な考え方をし、必要以上にセンセーショナルな見かたをしていたようだ。そんなことは現在では、日常茶飯事、空に太陽がある如《ごと》く、あたり前のことなのである。

さて、おれは結婚したアンドロイドをヒルダと呼び、溺愛《できあい》した。溺愛するだけの値打ちのある、それは出来のいいアンドロイドだった。約半年というもの、おれは彼女に満足していた。

そのうち、おれは彼女のあまりの善良さ、やさしさ、従順さに飽きてきた。人間というものは、まったく勝手なものである。するとその時期を計算していたのであろう。例の会社の社員がアフター・サービスのおうかがいにやってきた。おれは彼女を、少しばかり悪女的に調整してもらった。まったく便利な世の中になったものである。

また半年、さらに新しい刺戟《しげき》を求め、おれは彼女をもっと悪女的に調整してもらった。

数年間、おれはアンドロイド・ワイフをさまざまに調整し尽し、まるでむさぼり尽したような気になってきたので、最後には彼女をぶち壊した。これは、実際に殺人を犯すのと同様の、すばらしい刺戟だった。しかも法律で罰せられることはないわけだ。まったく楽しい世の中になったものである。

人間の方のヒルダも、おれに似たアンドロイド亭主を、さんざいじめた上、とっくの昔にぶち殺していた。

もはや、おれもヒルダも、間接的にお互いを味わい尽していたため、よりを戻そうという気など毛頭なく、それぞれ別の、人間の恋びとを、新しくあさりはじめた。むろん恋愛は自由、しかもフリー・セックスの世の中である。夫婦のいさかいや離婚などのない平和な社会だ。子供は人工子宮で生産される。遺産相続の醜《みにく》い争いもない。まったくすばらしい世の中になったものである。

スパイ

元日早々、宣伝課で私といっしょに働いている椚《くぬぎ》美代が、びっくりしたような眼をして私の部屋へとびこんできた。

「やあ、おめでとう……」

「ございます！　ねえ、コスモ理研の宣伝の梶村さん、ここの四階なんだってね！」

「ああ、ちょうどこの部屋の四階上だ。それがどうしたの？」

「ううん、今、外で出あって立ち話」

「よせよ、言ってるだろ。他の同業社員とは口をきくな。ましてコスモは、ヌル工業の一番の商売敵……」

「だって学生時代のポン友だもん！　ねえねえ、それよかいい話を聞いちゃったのよ。私、産業スパイになろうかしらん」

「何を聞き出した?」

「コスモの宣伝課長は病気静養中で、梶村さんは課長補佐に昇任、それで新製品の宣伝は全部まかされてるんだって。ところが今度、〈リコピスター八〇〇〉ってのを大量に作ることになったのよ」

「ふうん」

「あら、驚かないの? 新製品なのよ。私、梶村さんと浮気して、その青写真盗んでやろうかと思ってるのよ。まだ驚かない?」

「馬鹿だな君は。わが社にだって専門のスパイがいるんだ。そんなニュースはもう古いよ。第一女の君がいくら頑張ったって、余計なことまでペラペラ喋《しゃべ》って、逆にスパイされちまうのが落ちさ。柄にないことは、やめた方がいいな」

「軽く見たわね。ようし、じゃ、もっと新しいネタをスパイしてこようか?」

「よせったら! じゃ、言ってやろう。あの〈リコピスター八〇〇〉はもともとヌルの技術と設計の協力で特許申請寸前まで行ってたのが、特殊反射板とUVPランプの設計が遅れたところへもってきて、間抜けなうちの産業スパイが逆に勘づかれて反対にスパイされちまったんだ。口の軽い奴がスパイすると、逆にこっちのネタを全部持って行かれてしまうんだ。わかったか」

「ふうん。わりかしタイトロープねえ」

「もう話しちゃいかん。いっしょにいる所を見られたら、君がコスモのスパイだと思われるぞ」

「ちえっ。細い線でくるんだなあ。カカトへ来ちゃうわ」


初出勤の朝、私は私鉄のプラットフォームで梶村と会った。彼は濃い眉《まゆ》の下の楽天的な瞳《ひとみ》で笑いかけてきた。

「やあ、おめでとうございます」

私は頬の肉を引きしめた。「やあ、ところで梶村さん、うちの椚君とは、もう口をきかないで下さい」

「ほう、嫉妬《しっと》ですか?」

「馬鹿な。とに角、お互いに探りあいはよしましょうや」

「ああ、リコピスターの件ですか。あんなの大したことじゃないでしょう」

「ええ、あれが偽の情報だくらいは知ってます。ただ、今後のことがありますからね。おどかすわけじゃないが、君が椚君から何か聞き出そうとしても無駄だし、椚君はあれでなかなか鋭い女性です。コスモの秘密がほじくり出されると、あなたの地位に関係しますよ」

「私は平気ですよ。ハハハ」

私はとうとう彼を怒鳴りつけた。「君は口が軽すぎる。信用できない。クビだ！」

「ほう。あなたにそんな権利があるのかな」

「あるとも。私は産業スパイとしてヌルへ入り込んでるだけだ。私は君の直属上長。つまり病気静養中の宣伝課長だ」

「そうだろ？　だからそんな権利はないといってるんだ。実は私は、ヌルの社員だ」

妄想因子

お時さんは自分の部屋から廊下へ出た。窓はなく、薄暗かった。冷たいサンダルのビニールの感触が足の裏からしみ込んで下腹部にまで登ってきていた。壁の塗料の匂いが鼻をついた。

「あの人はどうしてるかしら」

お時さんはもう二週間も前から帰ってこない夫のことを考えた。何故彼が逃げてしまったのか、彼女にはいくら考えてもその理由が思いつかなかった。

何度も根気よく申し込んだ末に、やっと入ることのできた団地アパートだった。それなのに夫は、ほとんど入居したと同時に姿をかくしてしまったのだ。ひとり寝ている夜、お時さんはそんな夫が無性に憎くなるのだった。脳ミソをじかに引っ掻《か》いてやりたい！　心の中で罵《ののし》りながら、お時さんはそれでも、夫への切れぬみれんの糸切歯で唇の端を嚙《か》むのである。

気が滅入っていた。

あの人との団地での生活を、二人だけの生活を、あんなにまで二人で夢見たではないか。それなのに……。前の芝生に春の日ざしが照りつける頃になっても、まだ帰ってこない。ユキヤナギの白い花が咲いてもまだ帰ってこない。

お時さんはサンダルをペタペタいわせながら階段を降りた。この、暗い階段！まるで刑務所のようだ。

「そうだ、談話室へ行ってみよう」

このアパートには、談話室が特設されていた。そこへ行けばきっと誰か話し相手がいるだろう。何かで気をまぎらさないとこのままでは発狂してしまう！

お時さんはよくヒステリーの発作を起した。そんな時の彼女は、まるで気が狂ったように物を投げ、喚《わめ》き、荒れ狂った。お時さん自身、何故自分がそんな状態になるのかをよく知っていた。小さな家の中で、夫の兄とその妻、夫の両親などといっしょに、ごった寝をしていたのでは、満足な夫婦生活など営める筈《はず》がなかったし、お時さんの欲求不満のヒステリーが治まる筈もなかった。

団地に移ってしばらくは、発作は起きなかった。夫が行方をくらました後、再発した。しかし、欲求不満を投げつける相手が見つからなかったので、それは内攻していた。

談話室では大村氏がひとり、新聞を読んでいた。彼はこの団地に移ってくるなり、新妻に逃げられてしまった可哀そうな男だった。

「お早うございます、ご主人からお便りはありましたか?」

大村氏に訊《たず》ねられ、お時さんは悲しげに首を振った。大村氏は嘆息して同情を示した。

「ねえ、大村さん」お時さんは大村氏の坐っているソファに腰をおろし、彼の方へすり寄った。

「何ですか?」

「今夜、私のお部屋で、晩ご飯を一緒にいかが?」

「ほう、そりゃ結構ですな」

「ご馳走《ちそう》を作りましたの。猫の脳味噌《みそ》のおじやもありますし油虫の佃煮《つくだに》もありますわ」

「それはすごい。是非伺います」

＊　　　＊

「あの二人の患者は、おとなしいね」

「ええ、彼らは何度団地住宅の申し込みをしても入居できなかったので、欲求不満から団地コンプレックスにとりつかれて発狂し、ここへ入院してきたんです。現代病のひとつでしょうな」

怪段

アパートの玄関を入ると、螢光燈《けいこうとう》が階段の上りぐちを薄明るく照らし出していた。私はうんざりした。いつものことだが、この階段をてくてくと四階まで上らなければならないのだ。

さっき、駅の時計が十一時少し前を指していたのを思い出した。誰がいい出したのか、この階段を十一時に昇ると幽霊に会うという怪談がある。アパートの誰かが実際に出会ったのかそれとも単なる作り話なのか、そもそも誰がいい出したのかがわからないので確かめようがない。アパート中の人全部が知っていて、しきりに気味悪がっては喜んでいる怪談だ。

各階の踊り場に十ワットの螢光燈が一燈ずつ点《つ》いているだけであたりはしんとしている。踊り場の窓は開いていて、くろぐろとした団地の建物のシルエットの上に星が輝き、まっ黒の中空をバックにまたたいているのが見える。

私の靴音だけが重く響いた。残業でこんなに遅くなったのははじめてだ。疲れていたので、足がよけい重かった。二階までくると、どこかの部屋の電話が鳴っているのが遠くに聞こえた。

湿気を含んだコンクリートの壁が、眼球の裏側がチリチリするような異様な臭気を発散している。私は階段を昇りながら、指で眼を押さえた。寒くて、頭が重い。熱があるのかもしれない。

急に上の方の階で人声がした。その声は次第に大きくなる。そのざわめきの中に、私は妻の声や、隣室の人たちの声を敏感に聞きわけた。ざわめきは四階で起り、四階でふくれあがっているらしい。

二階と三階の踊り場で、私は少し立ちどまって休んだ。息切れがする。

幽霊は出ないようだ。私は苦笑した。

四階のざわめきが気になったので、私はふたたび階段を昇りはじめた。こんなに遅く、いったい何が起ったのだろう?

私は驚いて、ふたたび棒立ちになった。四階から人が駈《か》けおりてくるのだ。それも二人や三人ではない。下駄や靴やサンダル、どう考えても十数人である。

いきなり彼らが姿をあらわした。皆、四階に住んでいる人びとだ。無言である。血相を変え眼ばかり大きく見ひらいて、異様にギラギラ光らせながら、何かに追いかけられてでもいるようなあわて方で駈けおりてきた。隣室のテレビのプロデューサーや、その夫人、そして小学一年の子供。向いの部屋の会社員の若夫婦。妻も混っていた。一様に蒼《あお》い顔をし、眼のすぐ前の空間をうつろに見つめながらこちらへやってくるのだ。

「どうしたんですか！」

誰も、何とも答えない。まるで私がそこにいないかのように私の横をすり抜けて駈けおりて行く。

「おい、何かあったのか？」

私は妻の前に立ちふさがった。妻は私の身体を通り抜けて、駈けおりて行った。いや、そうではない。私が妻の身体を通り抜けたのだ。

アパート前の道路の彼方《かなた》から遠く、パトカーのサイレンが聞こえてきた。私の胸に悲しみが渦巻いた。やっぱりそうだったのか。私はあの道路でさっき、トラックに轢《ひ》かれたのだ。やっと思い出した。あの電話は管理人室から私の死を知らせるための電話だったのだ。幽霊は私自身だった。

私は悲しみに打ちひしがれ、踊り場の窓からゆらりと空へただよい出た。

陸族館

「あなた！　起きて！　起きてよ！」

　妻の手が私の肩をゆすり、私のやわらかな夢を残酷にむしり取った。私は唸《うな》って寝返る。

「何だ？」

「洪水らしいのよ」

「でも、雨の音なんか、しなかったぜ」

　私は眼をこすりながら毛布の上に坐り、枕もとの煙草をとってくわえた。上眼づかいに窓の方を見た私は、そのまましばらく石像のようになった。マッチの火が私の指を焼き、私はとびあがった。

「わあ、これは何だ！」

窓の外は薄緑の半透明の水に満ちていた。水面がどれほどの高さにあるのかさえわからない。水、水水、水だ。私たちは水の底にいるのだ。

「そんな馬鹿な！」私は激しく首を振った。「ここは四階だ。最上階だ。こんな大水が出るはずはない！」

「でも、これ、たしかに水よ！」妻は私の身体に武者振りついてふるえている。

部屋の片側一面はガラス窓で外に一メートル幅のバルコニーがついている。バルコニーに置いた鉢植の草花が、水中で藻のようにゆれ動いていた。

「信じられん。こんな大水がいつやってきたんだ。しかもここは高台で、あたりには川もない筈《はず》だ」

「だから私、以前から、このアパートが気にいらないっていってたでしょう？」妻は泣き声で恨めしそうにいう。「こんな、一面ガラス窓の部屋ばかりのアパートなんか」

「今ごろ、そんなことをいったって、しかたがない。第一、それとこれとは問題がちがう。ガラス窓が厭《いや》なら、カーテンをすればいいじゃないか」

そう言ってから、私はカーテンがないのに気づいた。

「おい、カーテンを何故しまったんだ？」

「なくなったのよ。ほら、昨夜あなたがカーテン閉めてくれたのよ」

確かにそうだ。とすると、誰か部屋に入ってきたのだろうか？　カーテンを盗みに？

向きあったアパートも水底にゆらめき、各室の人たちがあわてふためいている様子がはっきり見える。みんな、カーテンを盗まれたらしい。

「おい、このままだと俺たちは呼吸困難で窒息しちまうぞ」

「本当だわ。換気装置はどうなってるのかしら？」

私はふと前方のアパートの屋上に、タンクのようなものが置かれているのに気がついた。上部の穴から気泡が出ている。

「あれは酸素ボンベのでかい奴だ！」

「どういうこと？　ね、どういうこと？」

妻はもう泣き出している。

「これは水族館だ！　いやそうじゃない。水族館のあべこべの奴だ！」

私たちは一晩のうちに、水棲の高等生物に誘拐されたのだろうか？　冗談じゃない！

「そ、それじゃ、ここは動物園？」

私と妻は腰を抜かし、へたへたと布団の上にくず折れた。

「でも、見物人がいないわ」

「やって来たよ」

形容不可能な、見るもいやらしい半魚人の団体がやってきた。妻は悲鳴をあげ、毛布を頭から被《かぶ》った。

窓と反対側の、廊下に面したドアが開いた。飼育係が朝食を持って入ってきた。彼は水がいっぱい詰った潜水服を着ていた。

給水塔の幽霊

会社から出向いた得意先で遅くなり、郊外電車に乗った時はもう薄暗かった。私は、直帰してしまおうと思った。ちょうどこの電車は、私の住んでいる団地の横を通る。

私の団地は、二つの郊外電車の路線にはさまれていて、私はいつももう一方の電車で通勤しているのだ。

駅の改札口を出てしばらくは自分のアパートがどちらにあるのかよくわからなかった。いつもとは逆の方向から帰るのだから、ぜんぜんこの付近は知らないのだ。人に道を訊《たず》ねながら、給水塔の下までやってきた時はすでに日が暮れ、通る人は誰もいなかった。だが、ここまで来れば誰に訊ねなくても大丈夫だ。

私は夜空にそびえた給水塔の黒いシルエットをふりあおいだ。

「ふふん、これが問題の給水塔だな?」

この給水塔のあたりに幽霊が出るという噂《うわさ》が拡《ひろ》がってから、もう二カ月くらいになる。だが、私は、この塔にお眼にかかるのは初めてなのだ。

私は面白半分に、給水塔の周囲をぐるりと一巡してみた。それからすぐ傍のベンチに腰をおろし、煙草に火をつけながら、ふたたび給水塔を見あげた。冷たく濡《ぬ》れた外鈑を月光に光らせ、星空をバックに、給水塔は無表情だ。

「何だ、幽霊なんか出ないじゃないか」

私は少し落胆して、そう呟《つぶや》いた。それから、ひょっとしたら、幽霊を探しまわっている本人の自分が、いつのまにか幽霊になっているのかもしれないぞと思った。

馬鹿な。下手糞《へたくそ》なショート・ショートじゃあるまいし。私は苦笑した。ミステリー好きだから、すぐに妙なことを思いつくのだ。

二カ月前、ここで心中があったのだ。男は助かり、女は死んだ。出るというのはその女の幽霊だ。

私は煙草を投げ捨て、もういちどあたりを眺めまわした。空気はひやりとしている。雰囲気だけは、いかにも幽霊が出そうだ。

だが、幽霊は出なかった。

私はあきらめて、自分のアパートの方角を見定めると、歩き始めた。

＊　　＊

「お帰りなさい。遅かったわね」

「ああ、会社の用で出かけてそこで話しこんでしまってね。これでも会社へよらずに、直帰してきたんだ」

「あら、そうだったの」

「ところで、幽霊なんか出ないじゃないか」

「何のこと？」

「給水塔の幽霊さ」

「あら、あんな所を通って帰ってきたの？」

「うん、B駅の方から帰ってきたんだ。途中、給水塔の下で幽霊を探しまわったけど、出なかったぜ」

「変ねえ。給水塔なんか、あるわけがないんだけど……」

「どうしてさ。このアパートの裏の方の給水塔だぜ」

「ええ。でも、あの給水塔、古くなって故障ばかりしてるもんだから、きょうの昼間、突貫工事で取り壊されてしまったのよ」

フォーク・シンガー

彼は、盲目のフォーク・シンガーだった。
人びとは、彼を天才だといった。
彼はまた、魔法使いのような、天才的ギタリストでもあった。
彼の弾くフォーク・ギターに、人びとは魅せられた。
彼の持っているフォーク・ギターが、名器だったからでもある。
ギターに、彼の魂がのり移っているのかもしれない。と、人びとは噂《うわさ》した。
彼には恋人がいた。
彼女は、彼にふさわしい恋人だった。
彼女は、才能のある女性イラストレーターだった。
ふたりがいつ結婚するかと、人びとは噂しあった。

だが、ふたりは結婚しなかった。

彼が死んだからである。

彼のフォーク・ギターは、彼女の手に残された。

彼女は、フォーク・ギターを抱きしめて泣いた。

涙が枯れ果てた時、彼女は自分が彼のかわりに、フォーク・ソングを歌おうと決意した。

人びとは、彼女の才能を信じた。

才能のある彼女のことだから、きっと天才的なフォーク・シンガーになるだろうと、みんなが期待した。

そしてまた、彼の魂ののり移った、あのような名器を持っているのだから、きっと天才的なギタリストになるだろうと期待した。

彼女は猛訓練をした。

しかし、いくら練習しても、彼女の歌は少しもうまくならなかった。

いくら猛練習しても、彼女はそのフォーク・ギターを弾きこなすことができなかった。

彼女は、耳が聞こえなかったのである。

アル中の嘆き

どうだい。いいグラスだろうが。

こいつでウイスキーを飲むと、とてもうまいんだ。おれはオン・ザ・ロックが大好きでね。

このグラスで、オン・ザ・ロックを飲みながら、トランプのひとり占いをしてるっていうと、何時間でも楽しめるんだ。そう。十時間でも、二十時間でも、二日でも三日でもな。

え？　ウイスキーかい？

ウイスキーならいくらだってあるんだ。なあに。買ってこなくてもいいんだよ。

このグラスの中のオン・ザ・ロックはな、いくら飲んでも、なくならないんだ。

そんな馬鹿なことがあるかっていうのか？

本当だからしかたがない。いつも同じ分量だけ、グラスの中に入っているのだ。氷も、溶けないいんだぜ。おそらく、味も、冷たさも、絶対に変らないだろうね。このオン・ザ・ロックは。

魔法のグラスかだって？

なあに。ふつうのグラスさ。

そんなに飲み続けていては、アル中になるだろうっていうのか？

心配してくれるのはありがたいがね、おれはもう、とっくにアル中なのさ。そうとも。アル中になって、医者にも見はなされて、それでもまだ酒をやめなかったために、一週間前に、とうとう死んだのさ。

それじゃお前は、幽霊かって？

うん。まあ、幽霊みたいなもんだ。だって、実体がないんだものな。

そう。そしてこのグラスも、中の氷もウイスキーも、ぜんぶ実体がないんだ。

おれはもう、すでに死んだ人間だ。だからこれ以上、いくら酒を飲んだって死なないんだよ。はははははは。

ただねえ、困ったことがあるんだ。

この酒、いくら飲んでも、ちっとも酔わねえんだ。だって、酒も、酒を飲むおれも、実体がないんだものな。幽霊みたいなものなんだものな。

もう、わかっただろ。おれは今、地獄にいるんだ。そう。アル中で死んだ人間が落ちる地獄だ。

いくら酒を飲んでも酔わない！　こいつはまったく、死ぬ以上の苦しみだぜ！

アル中にとってはな。

電話魔

白ブドウ酒をグラスに半分飲んだ時、また電話がかかってきた。

サトエは嘆息して、受話器をとりあげた。また、いつもの、あのいやな電話にきまっている。

「もしもし」

「もしもし。サトエさんね」ねちっこい口調の、中年の女の声だ。含み笑いをしながら、彼女は話しかけてくる。「今晩は。わたしよ。また、眠れないでブドウ酒をのんでるのね」

「眠れなくするのは、あなたじゃないの」サトエは憤然として答えた。「いつも、この時間になると、あなたから電話をしてくるんじゃないの。それがわかっていて、どうして眠れるもんですか。あなた、いったい誰なの」

「まあ、誰だっていいじゃないの。ふふふふふ」いやがらせ電話をかけるのが、楽しくてたまらぬといった口調である。「あなたが好きだったクニヲさんはね、今日もまた別の女の子をくどいてたわよ。BGみたいな子だったけど。その子ったら、クニヲさんにくどかれて、とろんとしてたわ。あの様子じゃ今ごろは……。ふふふふ。ま、無理ないわね。クニヲさんって、とっても素敵な男性なんだもの。あなたに飽きたのも当然だわ。美人がほかにいっぱいいるのに、なにも、よりによって、あなたみたいな……。ふふふふ」

「わたしみたいな、何だっていうのよ」

「言ってほしいの。あなたみたいな百貫デブと、つきあってることないわ。その上あなたは、気ちがいじみたヒステリーで、やきもちやきで、おまけに、わきがのひどさったら……」

「よけいなお世話よ」サトエはそう叫んで、受話器を置いた。

女は、いつも、サトエの肺腑《はいふ》をえぐるような罵倒《ばとう》を用意していた。傷つけられぬ夜はなかった。しかも女の口調は、なぜか、いつまでも受話器を置けない気持にさせるのだ。

「ああ。いらいらするわ」サトエは髪を掻《か》きむしった。とても眠れるものではなかった。

タバコをふかし、白ブドウ酒を飲みほして、サトエは受話器をとりあげた。「ようし、こうなりゃ、こっちも、いやがらせの電話をしてやるわ」

彼女は、お目あての番号のダイヤルをまわした。

やがて、相手が出た。「もしもし」

「もしもし。キクコさんね。わたしよ。今夜もまた、眠れないでお酒飲んでるのね……」

みすていく・ざ・あどれす

ああ、姉さん。

ぼくは悲しい。

ぼくは姉さんが、真面目に働いているのだとばかり思っていた。

姉さんは、いったい、いつから銀行ギャングの仲間になったのです。

姉さんが、町を出て、アメリカへ行って、いろいろな苦労をしたことは、よくわかります。なんといっても、若い女性が、知らぬ他国で、ただひとりなんだものね。いろんなことがあったでしょう。

だけど、まさか、ギャングの仲間に身を落しているとは、想像もしていなかった。

そりゃ、もちろん、ぼくが姉さんに不満をいえた義理じゃないこと、知ってるよ。

だって姉さんは、父さんと母さんが死んじゃってから、女手ひとつで、たったひとりの弟のこのぼくを育ててくれたんだもの。

それだけじゃない。働いて、ぼくを学校に行かせてくれた。今だって、姉さんの送ってくれるお金で、ぼくはこうして、大学で勉強していることができる。みんな、姉さんのおかげだ。そんなことは、よく知っているんです。だけど。

姉さんが、ぼくを思ってくれる気持は、ほんとに嬉《うれ》しいと思うんだけど。だけど。だけど、姉さんが銀行ギャングになってまで、荒かせぎをして、ぼくにお金を送ってくれるなんて、そんなこと、いやだ。

銀行強盗なんて、やめてください。そんなことしているうちに、きっと射殺されてしまう。ギャングの末路なんて、哀れなものなのだ。姉さんが、ぼくの愛する姉さんが、もしそんなことになったら、ぼくはどうすればいいんだ。考えただけで、気が狂いそうになってしまいます。

いいえ。姉さんがたとえ、「あれは銀行強盗をしたお金じゃない」なんて言いわけをしたって、ぼくは知っているのです。このあいだ、シカゴのナショナル・バンクを襲撃した銀行強盗のことは、こちらにも伝わっています。しかも、奪われたお金の、札のナンバーまで新聞に出ているんですよ。

せっかく送ってくれても、あのお金はぼくには使えません。だって、あの札のナンバーは、銀行から奪われた札のナンバーと同じなんだもの。

だいいち、姉さんが銀行強盗のひとりでなかったとしたら、どうしてそんなお金を、姉さんが持っているんです。姉さんが銀行ギャングでなかったとしたら、どうしてあんなにたくさんの、大きなトランクにぎっしりのお金をぼくに送ってくれるほどの荒稼ぎができるのです。

お願いです。

真面目に働いてください。

もとのように、カリフォルニアのオレンジ農園で、真面目に働いてください。銀行強盗は、やめてください。


「ええっ。こりゃまた、なんてえドジふみやがったんだい。シカゴのシンジケートから送ってきたトランクには、札束じゃなくて、オレンジがいっぱい入ってるぞ。いったいどこで、入れ替っちまったんだ」

タイム・カメラ

タイム・カメラは、次つぎと持ち主をかえた。次つぎと売られ、買われて、持ち主をかえた。そして次つぎと、その持ち主を不幸にしていった。

タイム・カメラは、被写体の過去をうつし出すカメラだったのである。

女は醜《みにく》く、すでに若くはなく、不幸だった。財産さえあれば、さほど不幸を感じなくてすんだかもしれなかったが、名門で、資産のあった彼女の家は没落し、今の彼女は、アパートの一室に住んでいた。

家族も、親類もなかった。友人も、恋びともいなかった。そして又、昔のように、彼女にかしずく下男も下女もいなかった。彼女は孤独だった。

少女時代、彼女は家族のみんなから溺愛《できあい》され、多くの使用人に可愛がられて育った。そのころの甘い記憶だけが、今の彼女の生き甲斐《がい》だったのである。彼女は一日中、アパートの一室に閉じこもり、ひっそりと暮らしていた。よほどの用がない限り、彼女は外出しなかった。

狭い部屋の中に、バラを飾ること、高価な口紅と香水を身につけること、ただそれだけが、彼女の守り通してきた、ぜいたくだったのである。

バラの花びらが、一枚、一枚と散り、新しいバラを買う金もなくなった朝、彼女は睡眠薬をのんで自殺した。その枕もとには、一台の小型カメラが置かれていた。

カメラの中に納められていたフィルムを現像して、人びとは首をかしげた。そこには、ひとりの少女の姿だけが、何枚も撮影されていたからである。

彼女は、ふとしたことから彼女の手に入ったそのカメラがタイム・カメラであることを知り、部屋の中で、自分の姿だけをうつし続けていたのである。自分が死んだ後も、自分の、あの幸福ですばらしかった少女時代の姿だけを世に残しておきたかったのだ。昔の姿だけを、人びとに見てもらいたかったのだ。

タイム・カメラは、次つぎと持ち主をかえた。次つぎと売られ、買われて持ち主をかえた。そして次つぎと、その持ち主を不幸にしていった。

タイム・カメラは、被写体の過去をうつし出すカメラだった。なぜなら、自分の未来の姿をうつして見ようとする勇気のある人は、ひとりもいなかったからである。

体臭

彼女はずっと、その石鹸《せっけん》だけを使い続けてきた。

それは、金持ちでなければ手が出ないような高価な石鹸で、しかも石鹸というのは言うまでもなく消耗品だから、相当な金持ちでも、この石鹸をずっと使い続けている人は稀《まれ》であった。しかし彼女は、さほどの金持ちでなかったにもかかわらず、この石鹸を使い続けてきた。この石鹸でなければだめだったのである。

彼女は、ひどい体臭の持ち主だったのだ。その体臭を消すため、彼女はいろいろと努力を重ねた。香水をつけたり、手術を受けたり、そしていろいろな石鹸を使ってみたりした。だが、香水をつければ彼女の体臭は、さらにひどい悪臭になった。手術を受けてもだめだった。腋臭《わきが》のように一カ所から発する体臭ではなく、彼女の場合は全身から発している体臭だったのである。

石鹸で、ごしごしとからだをこすったが、その石鹸が安物であればあるほど、尚《なお》さら彼女の体臭は、近寄り難いほどの悪臭になってしまうのだった。彼女は次つぎと高価な石鹸を試し、最後に、世界一高価という、その石鹸にめぐりあうことができた。

その石鹸を使った時だけ、彼女の体臭は消えるのだ。それ以来彼女は、その石鹸を絶やしたことはなかった。そしてそれ以来彼女は幸福になった。孤独ではなくなり、恋人もできた。高価な石鹸を買い続けるためには、いろんな無理をしなければならなかったが、その石鹸が彼女の幸福を保証してくれるものである以上、どんな無理も平気だった。

ところがある日突然、その石鹸は製造停止になった。町の化粧品店からはその石鹸の姿が消えた。彼女はけんめいになってその石鹸を探し求めたが、ふたたび見つけることはできなかった。

彼女の体臭が蘇《よみが》えり、彼女は恋人を失ってふたたび不幸になった。彼女は自殺した。

その石鹸を作っている会社では、それがあまりにも高価であるため、一週間にたった五十個しか売れないので、製造をあきらめたのである。

その石鹸が製造中止になった直後、五十人の女性が次つぎと自殺した事件があった。しかし石鹸を作っていた人たちがその理由を知る機会はなかった。

善猫メダル

「やっと、奈奈がメダルをとったよ」優良猫鑑定委員会から送られてきた鑑定書と善猫メダルを見せ、おれは妻や子供たちにそういった。「これでひと安心だ」

「ほんとね」

「えらかった。えらかった。奈奈」

「よかったね。奈奈ちゃん」

家族たちが口ぐちにそう言い、ダイニング・テーブルの下にいたシャム猫の奈奈を抱きあげ、かわるがわる彼女の頭を撫《な》ではじめた。

なにしろついこの間までは野良猫がふえて大変だった。いや、野良猫に限らない。自分の家の猫が仔《こ》を生んでもこれを捨てたりすると一匹につき一万円の罰金をとられるということになっていたので飼い猫そのものもどんどんふえた。当然、猫害もそれだけ多く発生する。そこで法律が改正され、優良猫鑑定委員会なるものができた。一定のテストに合格した猫は善猫メダルが貰《もら》えるのである。では貰えない猫はどうなるかというと、これは殺されてもしかたがないのだ。メダルをつけていない猫を殺して役所へ持って行くとその猫の図体《ずうたい》に応じ大一万円、中八千円、小五千円の金が貰える。そこでアルバイト代りにこの金を狙う通称猫狩り族の学生が大量発生し、落第猫を殺しはじめた。

いくら飼い主と一緒にいても駄目で、たとえ飼い主がこれは愛猫だ殺さないでくれと懇願しても無駄である。眼の前で殺されても文句は言えず、食ってかかったりすると気ちがい扱いされる。眼の前で自分の所有する落第猫を殺され怒り狂った飼い主が猫狩り学生に暴力をふるったため罰金をとられたという事件も多い。

「ピーターも良犬バッジを貰ったことだし」

「そうね。これで奈奈ちゃんもピーターと同じように外へ散歩につれて行ってやれるわ」

おれたちは庭にいるセント・バーナードのピーターをヴェランダのガラス越しに笑顔で眺めた。ピーターの首輪には彼がほんの二カ月ばかり前に貰った金色の良犬バッジが光っている。

　良犬バッジも、猫の場合と同じような理由で法律が改正された結果できたものである。ただし優良犬鑑定の場合は猫と違ってただおとなしければいいというだけのものでもなく、狩猟犬、使役犬、愛玩犬《あいがんけん》など飼育目的によって鑑定方法が違ってくる。もちろん、人間に忠実であることはどの場合の鑑定にも欠かせぬ条件である。

　バッジをつけていない犬を殺す場合は、猫のように簡単にはいかないから何人かがチームを作って殺しに出かけることになる。これは武器を手にした半職業的ドッグ・キラーの仕事である。殺した犬を役所へ持って行った場合、いちばん高く買ってもらえるのは大型獰猛犬《どうもうけん》でこれは三万円、いちばん安いのは小型犬や仔犬《こいぬ》でこちらは八千円である。

「犬も猫も合格した」おれは妻にそういった。「あとは子供たちだな」

「そうねえ」妻は少し暗い表情になり、あまり出来のよくない四歳の息子と二歳の娘をじっと見つめた。「早くこの子たちにも優良児メダルを」

　なにしろ子供がふえすぎた。排卵促進剤のためにやたら五つ子、六つ子が生まれたせいもあり、もともと育児能力に欠けているため捨て子をする親は社会問題になるほど多かったので、ついには捨て子をした親を死刑にするということにまでなった。しかし人間の子の場合はいかによそでたくさん生れていようとやっぱり自分の生んだ子でないといやだからというので相変らず出産率はうなぎのぼり。子供の数がふえるとそれだけ出来の悪い子供もたくさん出るわけで、このままでは人口過剰となり子害が起るという騒ぎになってきた。

そこで法律が改正された。かくて子殺しが日夜うろつき、役所では五歳児以上なら十万円、三、四歳児が五万円、二歳児未満は三万円で……。

逆流

博士は助手とともにタイム・マシンの完成をいそいでいた。あと一カ月で完成する予定であった。

「博士。この機械が完成すれば、当然博士が乗って実験なさるのでしょうね」と、助手が訊《たず》ねた。「その場合、まず未来へ行かれますか。それとも過去へ」

「そうだねえ」博士はちょっと考えた。「未来へ行くというのはつまらないね。ふつうの乗りものだって、時計と同じ速さで未来へ進んでいるのだからね。やはり過去へ行こう。そう。最初はまず、一カ月ぐらい過去へ行ってみようかな」

その時、突然研究室の中にタイム・マシンが出現した。

「やっ。これは一カ月先にならなければ完成しない筈《はず》の、今作っているこのタイム・マシンだ」助手が驚いて叫んだ。

「一カ月未来からさかのぼってきたんだ」博士は嬉《うれ》しげにそういった。「中にはわたしが乗っているに違いないぞ」

二人はさっそく、タイム・マシンのドアを開いて中を覗《のぞ》きこんだ。

「わっ」二人は悲鳴をあげた。

そこには博士の死体があった。

「わ、わたしの死体だ」博士はうろたえてそう叫んだ。「これはいったい、どうしたことだ。なぜこんなことに」

「この死体はがりがりに痩《や》せています」死体を調べながら助手がいった。

「どうやら餓死した様子です。一カ月分の食糧を積んでいかなかったためにこうなったのでしょうか」

「馬鹿をいいなさい。たとえ一カ月であろうと、これに乗っていさえすればほんの二十分足らずで逆行できるのだ。餓死などする筈がない」

「あっ。食べものをいっぱい反吐《もど》していますよ」助手がタイム・マシン内部の床を観察してそういった。

「そうだったのか」博士はうなずいた。「時間を逆行したため、消化器も逆流したのだ。食道や腸などの消化管がたった二十分足らずのうちに逆の蠕動《ぜんどう》運動を一カ月分行ったためこうなったに違いないぞ」

助手は茫然《ぼうぜん》として博士にいった。「ではいったい、一カ月先にどうなさるおつもりですか」

博士はうめきながら答えた。「一カ月分の大便を積んでいこう」

前世

はい。お次の方どうぞ。ええと、あなたの書類は。ああ。これですな。ほう。なかなかいい大学を出ていらっしゃる。お父さんもいい会社にお勤めだったようですね。しかしねえ、最近の求人側の傾向としては、本人や家族の履歴よりも、むしろご本人の前世が何であったかにこだわるのですよ。つまり最新精神分析学の成果によってすべての人間の前世がはっきりわかるようになり、その前世における性格や素質が遺伝だの現世での教育だの以上に本人に大きな影響をあたえているという例のヤスタケ学説が発表されて以来、そういうことになってしまったのですね。ところであなたの前世はと。ほうほう。江戸時代中期の呉服屋の番頭さんですな。しかも丁稚《でっち》奉公《ぼうこう》から始めて大番頭にまでなり、六十年間もみごとに勤めあげていらっしゃる。勤勉なかただったのでしょうね。そんな人がなぜ失業を。ははあ。会社の倒産ですか。いやこれは不可抗力ですなあ。ご本人には関係ない。よろしい結構です。あなたのようなかたならいくらでも就職口はあります。登録を受け付けましょう。いずれ連絡しますから待機していてください。はいご苦労さま。

次のかたどうぞ。ええと。あなたの前世は。ええっ。後藤又兵衛。これは驚きましたなあ。こんな有名な豪傑が見えたのは当職業紹介所始って以来のことですよ。しかし困りましたねえ。当然重宝がられて引っ張り凧《だこ》になるべきところですが、なにしろあなたは男性ではなく、楚々《そそ》としたお嬢さんなんですからねえ。しかしまあ、もしかしたら豪胆さを必要とする女性の求人があるかもしれません。まあ、受け付けておきましょう。あまり当てにせず、お待ちになっていてください。ご苦労さま。

次のかた。ほほう。立派なからだですねえ。健康なんでしょうな。そうですかそうですか。それは結構。ところであなたの前世。ははあ。犬。犬という名の人は、いましたっけ。え。そんな人はいぬ。あなた。洒落《しゃれ》を言ってる場合じゃない。じゃ、あなたは本当の犬、つまりあの、けものの犬だったわけですか。はあはあ。そりゃまあ当然、前世が犬だったという人もいるわけでしょうなあ。ま、あなたのような男性なら就職口はいくらでもあります。警備保障会社からの求人は常時ありますから、ガードマンがいいんじゃないですか。えっ。犬は犬でも愛玩犬。チワワだったんですか。ほんとですか。弱ったなあ。あなたのような髯《ひげ》の濃い男性が愛玩されるような勤め先なんて、まあ、ないでしょうからねえ。そんなあなた。ウーキャンキャンなんて吠《ほ》えられても困る。まあ、もしもということもあります。とにかく登録しておきましょう。世はさまざまですから。

次のかた。ええと。あなたの前世は。おや。あなたも人間じゃないんですな。今日はまた人間以外の動物だったという人が偶然ふたりも。あっ。これは駄目だ。お気の毒ですがね。ほかの動物ならともかく、これだけは受け付けられません。だってあなた。ここは職業紹介所。働きたいという意志のある人しか受け付けられないんですよ。それがあなた。前世はナマケモノだったというのじゃあ。

タイム・マシン

〔ソビエト・ニュース三日発〕

二日のモスクワ放送は、国立次元科学研究所航時局員ラヴィノヴィッチ博士が、一日、次のような発表をしたと報じた。

我々の研究している普遍総合航時機は、永続時間と回帰経路の問題を残し、ほとんど完成に近づいた。最大の難関であった絶対的現在変容の問題を、我々は遂に解いた。その実験の段階は、あと五年に迫っている。

現在まで、欧米諸国において、数多くのタイム・マシン（時間運航機）が研究され製作され、そして実験されたが、そのほとんどが見事に失敗した。残りの一部のものも、その部分的成功が世間の注目を浴びたようであるが、あるものは人間の無意識の作用を利用した、一時的催眠による錯覚と想起作用に過ぎなかったり、溯行《そこう》運動中に機械が解体し、乗組員の身体が裏返しになってあらわれたり、完全に溯行がされても、あくまで主観的なものであったりして、どれも、過去の変革によって現在の変容を成し遂げるといった、タイム・マシン本来の役割を果せる機械ではなかった。

ここに我々は、過去三十年間の努力により、見事現在変容の問題を解きあかしたのである。

我々は、モスクワ国立原子力研究所および科学技術省と協力し、西欧およびアメリカの遅々とした科学の歩みに先んじて、人類文化に多大の貢献をなすであろうタイム・マシンの根本原理を究明し、現在はすでにその製作にとりかかっているのである。

この普遍総合航時機は、人間を、過去および未来を通じそのすべての時限に運搬し、空間補助調節作用により、如何《いか》なる場所へも移動させることが可能である。しかも旅行者の主観によって各々の世界を見出すというだけのものではなく、それぞれ、その世界での生活が可能であり、現在へは、いつでも帰って来られるのである。

ここに我々は、この航時機の第一回目の実験を、おそくとも、あと五年の間に行い、充分成功させて見せることを、自信をもって声明する。

〔ワシントン五日発＝ＡＦＰ〕

米国科学省長官ウォルター・プレイヤー氏は、去る二日発表された、ソビエト科学研究所のタイム・マシンに関する声明に対し、四日、記者団に次のような感想を述べた。

ソビエトに於《お》けるタイム・マシンの研究が、遂に現在変容原理を究明し、過去の遅々とした歩みから一歩前進したことを、我々は心から嬉《うれ》しく思う。

ラヴィノヴィッチ博士の声明によれば、残る些《さ》細《さい》な問題は、永続時間と回帰経路の二つだそうであるが、この問題こそ、タイム・マシン研究の最も大きな難関であって、この二つの問題に比べれば、先の現在変容などはほんの些末的な問題に過ぎないのである。

我々の科学研究所では、すでに五カ月前に、現在変容に関する問題を解き明し、あと二カ月で永続時間に関するエネルギーの比例の方程式と、回帰経路の路線の計算、つまり、

$$E(x,y,z,t)=-k\cdot m_0\left[1-\left\{v(x,y,z,t)c^{-1}\right\}^2\right]^{-\frac{1}{2}}\iiiint_A \rho(dxdydzdt)$$

の方程式を実証する段階に入る予定なのである。つまりこの二つの方程式を解明すれば、幾多の仮説が実証されるのであるから、ラ博士の言う如《ごと》く、この二問題を些細と考えているような状態では、その各々の時限での生活が不可能であるばかりでなく、現在へ帰って来ることさえ出来ないのである。

だが、何はともあれ、ソビエトの科学技術陣のよりぬきの精鋭によって到達したこの一つの成果に対し、われわれは心からなる祝福を送るものである。

〔ワシントン十日発＝ＡＦＰ〕

米国科学省長官ウォルター・プレイヤー氏は、九日朝記者団に対し次のような声明を発表した。

我々の科学技術研究所では、現在まで、タイム・マシンの研究過程及び成果を、極力秘密にしてきたのであるが、本日、ここにその成果の一部を公表し次の事を声明する。

我々は、タイム・マシンの第一回目の実験を、遅くとも三年のうちに実施することを自信をもって声明する。

このタイム・マシンは今までの民間科学者の製作によるそれの如く、単なるまやかしものでもなければ、過去未来見物用航行車でもなく、一人の人間を完全に任意の時代、任意の場所へ移動させることの可能な機械なのである。

たとえば貴方《あなた》が、華やかなる文芸復興期のイタリアの大通りの真中へ、ひょいと飛び出すことも可能であり、ショパン自演のノクターンを聴きに行くことも可能であり、クレオパトラや、あるいはトロイのヘレンの如き大昔の美女の寝室へひょいと現れることも可能なのである。

これは、去る二日発表されたソビエトの航時機に関する声明に対抗して不意に公表したものではなく、我々は以前よりすでに、この公表の準備をしていたのであるが、世論の沸騰を機会として、完全に目算が立てられた現在、自信をもって声明するものである。

我々は、おそくとも三年のうちに、タイム・マシンの実験を行う。

〔パリ十二日発＝ＡＰ〕
フランス大統領官邸より、十一日発表されたところによると、仏大統領は現在話題になっている米ソ間のタイム・マシンの実験争いに関し、両国に実験中止の勧告をするはずである。内容は、この争いが再び両国間の不和を誘発し、ひいてはタイム・マシン完成の際に、この機械が両国の現在を有利に導き変容させる為に用いられ、取り返しのつかぬ事態をひきおこすおそれがあるというのが、その概略である。

〔ソビエト・ニュース十四日発〕
十三日のモスクワ放送は、去る十二日に発表された仏大統領の、ソビエト科学技術省および米国科学省に対するタイム・マシン実験中止勧告への返答を、ソ連首相が次の如く発表したと報じている。
タイム・マシンを軍事力に使用することは、考えられる限りにおいて最も有効な方法である。
過去の世界に自国を宣伝し、他国を誹謗《ひぼう》して不利な状態を作り、現在の自国を有利に変革して行くことは、タイム・マシンを武器として考えた場合には一番先に考えられることである。
だが、我々はタイム・マシンの実験は中止しない。
何故ならばそれが、人類文化の発展に役立つものである以上、我々は断固として
タイム・マシンの研究を続けて行くであろう。
そして我々は約束する。アメリカ側がタイム・マシンを武器として使用しない限りにおいては、我々も同じくこの機械を軍事力には使用しないであろう。

〔ライフ誌十八日号〕

今、世界の話題になっているタイム・マシンが、軍事力に使用され、武器になるとしたら、どんなことになるでしょう。この大きな問題に対する感想を各界有名人にアンケートしてみました。

マイク・ハマー氏（私立探偵）
何もブルうこたあねえや。昔の世界で戦争が起るのなら、現在で戦争が起るよりいいじゃねえか。ガタガタするねえ。

アーネスト・ヘミングウェイ氏（作家）

死ぬだろう。皆死ぬだろう。タイム・マシンは原子力より恐ろしい武器だ。皆死ぬだろう。しかし仕方がない。それが人間だ。人間がすべて死んだところで、大したことはない。人間はすべて蟻《あり》だ。

マリリン・モンロー（映画女優）

あたい、その機械で原始時代まで逃げちゃうわ。きっと素敵よ！　原始時代の男たち！

ジョージ・ガモフ博士（大学教授）

怖《こわ》い！　コワい！　こわい……。

〔パリ二十日発＝ＡＰ〕

仏大統領は、十九日、先に発表したタイム・マシン実験中止勧告を取消す旨、次の如く発表した。

我々は、先に発表した米ソ両国の科学省に対するタイム・マシン実験中止の勧告を取消すことに決定した。何故ならば、タイム・マシンなる機械に関する米ソ両国の一致した意図、つまり現在変容能力なるものが、永遠に生み出せぬものであることを知ったからである。

過去の変革による現在の変容が可能であると、ラヴィノヴィッチ博士は声明し、その各々の世界での生活、つまり、ルネッサンスのイタリアへ現代の人間が現れ、古代の美女達と、現代の青年が戯れることも可能であると、ウォルター・プレイヤー氏は声明した。

我々はこの声明を、もう一度よく考え直したい。

もしそうならば、何故、現在の我々の歴史に、未来人が現れないのだろうか？

タイム・マシンが、絶対的現在変容能力をもっているのならば、何故未来人が、クレオパトラの如き美女をかっさらっていって、ワイフにしなかったのか？　何故、マリー・アントワネットのような美女を、未来人は見殺しにしたのか？　我々は、ショパンの演奏会に出席した未来人の話を聞いたことがない。いきなり道路の真中へ未来人が飛び出したという奇蹟《きせき》にも、お眼にかかったことは一度もない。

しかるに、ソビエトは五年後、米国は三年後のタイム・マシン実験の声明をした。

しかし、タイム・マシンは、永久に生まれる可能性はないのである。

これは一体、どういうことなのだろうか？

これはつまり、タイム・マシンが完成するまでに、言い換えれば、あと三年経たぬ間に、タイム・マシン製作が中断されるということなのである。

自発的な実験中止か？　否。米ソ両国は相変らず競争で作り続けるだろう。

では一体、何によって中断されるのか？　答えは唯《ただ》一つ。

それは戦争である。

恐らくは、米ソ両国のどちらかが先に、タイム・マシンを完成するだろう。いや、完成しそうになるだろう。その時に、もう一方が、原子力による破壊を企てるに違いない。

かくして、我々の結論が、三年後の世界戦争を暗示する結果となったことを遺憾に思う。そして恐らくは、三年後の人類の滅亡も。

脱ぐ

はじめのうち、そんな気持がするのは、麻紀は自分だけじゃないと思っていた。すべての女にそんな傾向があり、特に自制できないほどそれの激しい女たちが、ストリップガールやファッションモデルや、ヌードモデルなどの職業をえらぶのだと思っていた。

といっても、それらのほとんどの女が持っているような、自分の肉体に対する過信——自己の美貌《びぼう》、肉体の均整、肢体のしなやかさ、肉づきのよさ、皮膚のきめのこまかさや色艶《いろつや》などへの自信——が、麻紀になかったというのではない。むしろ麻紀は、おそらく自分以上のみごとな肉体の持ち主は、めったにいないだろうと自負していた。

それは、彼女がまだ学生だったころから、はじめて自分の肉体の美しさを自覚したとき以来、ずっと持ちつづけてきた自信だった。

彼女は高等学校の英語の教師をしていた。理想の結婚相手が見つからぬままに、教師生活を三年つづけ、二十七歳になった今でも、その自信はおとろえていなかった。

まだ不安定ではあったが、すでに男性的な野獣性を身につけはじめている男生徒たちが、彼女の美貌と、タイトスカートにピッタリと包まれた彼女の尻《しり》のあたりに、爛々《らんらん》と光る虎のような眼つきで視線を投げかけるのを、麻紀はしじゅう意識していた。

そんなときの麻紀の心には、常に意識界へ出ようとしてうごめいている、あるひとつの衝動が、ひょいと首をだすのだった。

「ファッションモデルになりゃ、よかったのに……」

同僚の女教師の、厭味《いやみ》ともお世辞とも、あるいは羨望《せんぼう》ともつかぬそんな言葉を聞かされたとき、麻紀はいつも大げさに眉《まゆ》をしかめてみせるのだったが、それも彼女自身の、その衝動に対する抵抗だったのである。

見かけはよいが、安もののポマードで頭髪をテラテラ光らせ、懐中はいつもピイピイの独身教師や、薄ぎたなく無精ひげをはやした世帯持ちの教師たちから、色眼をつかわれ、ラヴレターを貰《もら》い、お世辞を聞かされ、いくらチヤホヤされても、肝心のその衝動のはけ口がなかったため、彼女はいつも不満だった。

ある時のＰＴＡの席上、彼女は大勢の父兄の集った講堂の演壇に立って、報告をしたことがあった。

喋《しゃべ》りながら彼女は、ふと、ほとんど全部の人が、彼女の話の内容などにまったく注意をしていないことに気がついた。老人も、主婦も、紳士も、又先生たちも、ただぽかんとして、麻紀の豊かな肉体から発散している魅力と、少々刺戟《しげき》の強すぎるぐらいの妖気にあてられ、石像のように、木製の椅子に固着していたのだ。

その時、今までにはなかった強さで、麻紀の意識界に侵入し、又もやムラムラと湧きあがってきたのは、麻紀自身が否定しようとしている、あのいまわしい衝動だった。

麻紀はうろたえた。言葉がつかえ、しどろもどろになった。放っておけば、麻紀はその衝動の命じるままに、この演壇の上で、その恥ずべき行為を完遂してしまいそうだった。

「脱ぎたい……」

麻紀はこのときまで、自分の抑圧したその衝動が、これほど強烈だとは思ってもいなかったのである。

しかし、自分の豊かな、一糸まとわぬ肉体を人前にさらけだして見せびらかし、押さえつけていた欲動を一挙に発散させてしまいたいという強い願望は、その時の麻紀の意識のほとんど大部分を占領してしまったのだ。

その欲動は、麻紀自身の知性によって押さえつけてあったはずだった。少なくとも麻紀はそう思って安心していた。だが事実はまるで逆だったのだ。

かりに麻紀がファッションモデルになっていたとしたら、その衝動は、昇華作用によって分散していたことだろう。ある程度の挑発的な露出は、モデルとしての人気を獲得するのに必須《ひっす》の条件だったし、海水着のファッションショウなどでは、麻紀の最大の魅力が発揮できるはずだから、このような衝動が押さえられ、潜在意識の中で埋もれて醱酵《はっこう》し、ガスが爆発するように一挙に意識界へとび出すなどという非常事態が突発するはずもなかったのである。

演壇の上で麻紀は、背中のファスナーを引きおろそうとして、スーッと上にあがりかける両手を、ぐっと硬直させて握りしめ、両方の乳房がムズムズしはじめるのを、ガタつく足を踏みしめてこらえ、強く唇をかんだ。そして大いそぎで報告の残りをきりあげると、駈《か》けるようにして演壇をおりたのである。

そんなことがあってからも、しばらくの間麻紀は、どうして自分にだけそんなことが起ったのか不思議でしかたがなかった。麻紀には、自分で自分を必要以上に、自分の作った道徳のせまい枠のなかに押しこめていたのだということが、自覚できなかったのだ。

厳しい大学教授の家庭でのしつけと、ミッションスクールでの過酷な教戒が、しらずしらずの間に麻紀の頭に、肉体をあらわにすることの、そして男を刺戟し挑発することの罪深さを過大に植えつけていたのだ。

麻紀は夏でも肌をできるだけ隠し、必要以上に自分の魅力を外界へ表出しまいと努めたのだった。また、そうすればするほど、質量不変の法則にしたがって、自分の知性の領内でのエネルギーが豊富になるような気がしていたのだが、それは大きな誤りだったのだ。

一方では、自分の肉体への大きな自信がある以上、それを押さえつければ欲求不満からヒステリーになるか、へたをすれば発狂して露出狂になるかであり、麻紀はまさにその危機のドタン場にきていたのだ。

麻紀にはたったひとつだけ、秘密のたのしみがあった。それは、一人でいるとき、寝室の大きな三面鏡の前で裸体になり、自分のすばらしい肉体をつくづくと眺めることだった。それはもちろん、女性特有の大きな自己愛の欲動をある程度満足させることには成功したが、本来の露出欲を処理することはできなかった。彼女も、一般の女性同様、より多くの他の人々から愛され、称讃《しょうさん》されることによって、自己愛に保証書を貼《は》りつけるため、自己の魅力のエキジビションを望んでいたのだった。

ある日のこと、麻紀がいつものように三面鏡の前で裸体になったとき、彼女は自分の両乳房のちょうど中央部のへこみに、妙なものが発生しているのに気がついた。

はじめ麻紀は、それを枯木の枝がくっついたのかと思ったのだが、よく見るとそれは、十センチほどの、小さな一本の腕だった。そしてまさしく、彼女の胸のまんなかから生えたものであった。小さいことは小さいが、小さいなりにちゃんと指も爪もあり、非常に痩《や》せていることを除けば、普通の腕とかわりがないようにみえた。麻紀が指さきでひょいと突っつくと、それは怒って、引っかく恰好《かっこう》をした。

「この腕には、私の意志は通じないのだわ」

やがて麻紀にも、この腕が何のために発生してきたのか、はっきりわかってきた。それはまさに、麻紀の潜在意識の具象化された腕だった。

彼女が講義をしているときや人の前にいるときは、その腕は麻紀が一人でいるときよりもずっと大きくなるらしかった。そしてブラウスの下でモソモソと動きまわり、麻紀の困惑をよそに、ブラジャーをずりおろそうとしたり、スリップの紐《ひも》を引きちぎろうとしたりしてあばれるのだった。だんだんあばれかたがひどくなってきたので、麻紀は両乳房の上から、胸へぐるりと布を巻きつけ、背中でしっかりと結ぶことにした。

あばれたいときにあばれることのできなくなったまん中の腕は、怒って乳房を引っかいたり、つねったりしたが、麻紀はじっと耐えるよりしかたがなかった。一度、思いっきり乳房をつねられて、教壇の上で悲鳴をあげてとびあがったこともあった。麻紀は困りはてた。

だがそのうち、腕は十センチほどの大きさのままで痩せこけてしまい、あまりひどいあばれかたはしないようになった。

ちょうどそのころ、麻紀の前にすばらしい男性があらわれた。猪飼といって、歳は二十九歳、青年実業家である。

同僚に紹介されてはじめて彼を見たとき、麻紀は理想以上の男性だと思った。相手もそう思ったらしかった。

二度、三度と会うにつれて、二人の仲は急速に近づいた。

麻紀は猪飼の自尊心の高さと、仕事への野心の大きさに圧倒され、猪飼は麻紀の独立心と自己愛の深さに感動した。それと同時に自分の自尊心を三分の一ほど犠牲にしてまで、麻紀の美しさを称讃した。それがいっそう麻紀を感動させたので、麻紀も自分の独立心を三分の一ほど犠牲にしてまで、猪飼に服従しようと心に誓った。

せめて猪飼だけにでも、自分の美しさを認識させたことによって、麻紀の露出欲のエネルギーは減少した。

ある日、麻紀は喫茶店で猪飼にあっていた。六度目か七度目のデイトだった。猪飼はすなおな言葉で、麻紀の美しさを称讃していた。だが、麻紀はふと、猪飼の言葉が、自分の美貌への称讃のみであって、自分の肉体のすばらしさに関してはひとことも口にしていないのに気がついた。むろん、それは当然で、猪飼にしてみれば、麻紀の肉体のすばらしさを称讃できるようなほとんど何の知識も持ちあわせていないのである。というのは、夏だというのに、麻紀は教員らしい地味なデザインの黒いスカートと、まるで女学生のようなブラウスを着ているだけだったのである。

「この人は、まだ、私の肉体のすばらしさを、全然知らないんだわ」

麻紀がそう思ったとたん、乳房の間の腕がニューッと大きくなったのを感じ、彼女はあわてた。ブラウスのなかで腕はぐっとのび、麻紀のブラジャーをつかむと腹の上まで引きずりおろし、引きちぎってしまった。そしてこんどは、首筋の方へのびてきてスリップの紐をつかんだ。

ゆだんをして、胸に布を巻くのを忘れていたのだった。

麻紀はあわてて、両手で胸を押さえて立ちあがると、驚いてぽかんとしている猪飼には何もいわず、いきなりトイレットへ駈けこんだ。

内側から戸に鍵《かぎ》をかけてブラウスをぬぐと、腕はすでに、立派な一本の腕に成長していた。バッグから布をだして、胸に巻きつけようとすると、腕は怒って麻紀の顔を引っかこうとした。両方の腕で押さえつけようとすると、せいいっぱいの力であばれ、他の腕をなぐったり、つねったりした。あまりあばれるので、麻紀は何度もよろけ、ひっくりかえりそうになった。麻紀はかんしゃくをおこして、両手でまん中の腕をつかまえると、口のところまでもってきて、いきなり嚙《か》みついた。少しはまいったらしかった。左手で布をだし、右手でやっと胸の上へ横に押さえつけて、ぐるぐる巻きに何重にも巻きつけた。長い格闘で、汗びっしょりになっていた。

席へもどって、またしばらく猪飼と話しあった。猪飼はいった。

「こんどの休日に、海水浴へ行きませんか?」

「まあ!……でも、あの、私……」

「泳げないんですか? そんなことはないでしょう?」

「ええ、泳げますわ。行きたいんですけど……でも、あの、私……」

「何か具合の悪いことでもあるんですか?」

麻紀はあわてていった。

「いいえ、そんなことありませんわ!」

「じゃあ、行きましょう。約束しましたよ。アパートの方へ車でお迎えにいきますから。友人が海浜で豪華なホテルを経営してるんです。料理は上等だし、舶来の酒がそろってます。朝の十時ごろお迎えにいきますからね。予定しといてくださいよ。

約束しましたよ。きっとですよ」

猪飼に無理やり約束させられて、麻紀は困ってしまった。もし、衆人環視の海浜でまん中の腕がバリバリ水着を破ってあばれだしたりしたら眼もあてられない。

だが、よく考えてみると、腕があばれだすのは露出欲が抑圧された状態のときだけなのだから、麻紀が水着を着て自分の魅力をいわば誇示しているときは、あらわれるはずはないのではないだろうか？

そのころでは麻紀は、腕があばれだし、肌着をぬがせようとすることの目的をほぼ感じとっていたので、そこまで考えることができたのである。

そこで、海浜へいったときにはできるだけ衝動を抑圧しまいとして、麻紀は、強烈な色彩の、そして肌を露出する部分の多い大胆なデザインの水着を誂《あつら》えた。

それは夏休みの最初の日だった。

設備の整った豪華な最高級のホテルにやってきた猪飼と麻紀は、さっそく水着に着かえた。

麻紀の胸のまん中の腕は、跡かたもなくなっていた。

水着姿の麻紀をひと眼見て、最初猪飼は少しふらりとした。それからゆっくりと椅子に腰をおろした。まばたきもせず、じっと麻紀を見た。ゴクリと唾《つば》をのみこんだ。そしてかすれた声でいった。

「き、君はすばらしい……」

麻紀はファッションモデルのように、猪飼の前でぐるりと一回転して見せた。

猪飼はうなった。眼をパチパチさせた。そしてまたうなった。

「その水着じゃ、肌をかくしすぎる」

「これで、まだ?」

「うん。君はツーピースを着るべきだ」

「いやだわ。ビキニ型なんて」

「君はその美しいからだを、自分ひとりのものにしておくつもりかい? それじゃ、あまりにももったいない。美は万人のものだ」

麻紀は無理やり、猪飼がホテルのロビーで買ってきたツーピースの水着を着せられてしまった。

砂浜は明るかった。そして入道雲が大きくふくれあがった空のブルーと、海の濃いグリーンの間に、人びとの水着の原色が散らばっていた。

麻紀がバスタオルをぬぎ捨てて、純白のツーピースの水着を着た肉体を日光の照りつける中にむきだしにしたとき、人々はぽかんとして麻紀を凝視した。やがて歓声と口笛があちこちからとんだ。だが下品な野次《やじ》はとばなかった。あまりの完ぺきさに圧倒されてしまったのだ。

麻紀は満ちたりたものを感じた。この世界は自分の権威の下にあると思った。カメラをぶらさげて、麻紀のまわりをうれしそうにうろうろあるきまわっている猪飼など、もうどうでもよかった。

その日、その海浜で、麻紀は女王だった。麻紀は太陽の子のようにふるまった。自分のどんなポーズをも見のがすまいと監視する眼、眼、眼。ちょっとした麻紀の大胆なポーズにも、たちまち嘆息がきこえ、歓声がおこった。

麻紀は主役だった。太陽だった。

そしてその日きり、あのいまわしいまん中の腕は、あらわれないようになったのである。

海浜で思いっきり肌を露出させて、多くの人間たちの度ぎもを抜いた麻紀は、しばらくの間は充分ご満悦だった。又機会があれば海岸へいこうと思っていた。まだ夏休みはひと月足らずあったのだ。

そんなある日、麻紀は参考書を買いに都心へ出た。デパートの前を通りかかった麻紀は、そこの催場で、水着のファッションショウが開かれていることを知った。麻紀は面白半分に入場券を買った。

観客は、男が多かった。モデルたちが次々と登壇するたびに、口笛と歓声、それについで照れたような笑いがおこっていた。

スローテンポの解説と、ハワイアン・ミュージックにあわせ、モデルは、水着以上に、自分の姿態を誇示しようとしていた。強すぎる冷房のために、モデルたちの皮膚には鳥肌がたっていた。痩せぎすの女、肉がつきすぎた感じの女、胴の長いモデル、背の高すぎるモデル。

眺めながら麻紀は、ますます自分の肉体への自信を強めた。自分以上の、あるいは同等の、均整のとれた体軀《たいく》の持ち主は一人もいないと思った。

それは主観的な判断だったが、絶対に過信ではないと思った。それは又、麻紀が、あの海浜でのエキジビションの際に大勢の人たちから受けた称讃と歓声以上あるいは同等のものを、このモデルたちのどの一人も受けていないことからもわかった。

その点では、麻紀は満足した。と同時に、何か満たされぬものが心の底から湧きおこってきた。

こんなつまらぬ女たちが、こんなに大勢の観客の注視のまとになっているのに、麻紀自身が舞台の下にいて、みんなの眼からかくされているということが、非常に不当であると感じたのだ。

もし今ここで、自分が服を脱ぎすてて、ステージに上っていけば、この男たちは、はじめて麻紀のすばらしさにお眼にかかったときのあの猪飼以上の反応をしめすことだろう。歓声がわきおこるだろうか？　それともいっせいに静まりかえってしまうかもしれない。

そんな想像をしている麻紀の胸に、突然何かもちあがってきたものがあった。

「腕だ！」

麻紀は胸をおさえて、あわてて席からたちあがると、そこを抜けだした。

デパートをでて、通りを歩きながら、モソモソと次第に大きくなってくる腕を、けんめいに両手でおさえつけた。大勢の通行人たちは、そんな麻紀をけげんそうにふりかえりながら通りすぎていく。

麻紀の額からタラタラとつめたい脂汗が流れた。今やまん中の腕は、麻紀の両手の下で、ブラジャーやブラウスがはちきれそうになるほどふくれあがり、立派に成長した。そして麻紀がさかり場の中心の交叉点《こうさてん》までできたとき、とうとうブラジャーをもぎとってしまった。麻紀は立ちどまり、スリップの紐を引きちぎろうと上の方へのびてきた腕をブラウスの上から必死の形相で押さえつけた。麻紀の周囲には、だんだんと人がたかりはじめた。

そのとき、麻紀の背なかから、もう一本の腕が、急速にモリモリと生えた。そして背後からスリップの紐を引きちぎり、ビリビリとブラウスを破って、ニューッとうしろに突きでた。麻紀は悲鳴をあげた。そしてあわてて背後に両手をやり、その腕をつかもうとしたすきに、こんどは前のやつが麻紀のスカートのホックをはずしだした。

麻紀の周囲は、たちまち黒山の人だかりになった。だが誰も麻紀の災難に手をかして助けてやろうとするものはなかった。

背中の腕はブラウスを破り捨ててしまった。そして次にスカートをまくりあげようとして下へのびた。左右の腕でそれを防ごうとしている隙に、胸の腕がスカートのホックをぜんぶはずしてしまった。麻紀は右腕で前の腕を押さえようとしたが、そのとき背後の腕がスカートをつかむと、ビリビリとうしろへもぎとってしまった。麻紀が大奮戦をしているその交叉点を中心に、電車がとまり、自動車がとまった。警官がやってきたのはちょうど麻紀の胸から生えた腕が、ビリッとはげしい音をたててパンティを破り去った直後だった。

突如！　路上で裸体に
暑さで美女が錯乱

二日午後三時ごろ、都内中央区銀座四丁目の交叉点西側で、突然二十二、三歳の美しい女性が身もだえをして「助けて」と叫びつづけながら、両手で自分の服を破りだし、下着をぜんぶ脱ぎ捨てた。そして裸のまま身もだえしつづけたが、約十五分のちに附近の警察病院に収容された。身もとはまだ不明であるが、暑さのための精神錯乱ではないかとみられている。又このために、附近の交通は一時停止した。
（××新聞）

二元論の家

一

　五十嵐教授は淡々とした口調で講義を続ける。五十歳。ものやわらかな態度の中にも、ただひとつの学問に生涯を打ちこんだ人の持つ一徹さが感じられる。長身痩《そう》軀《く》の、英国型紳士である。

「――後年の個人的な教養や正常性にとって、極めて重要な意味を持つ構成は、そもそもいかなる手段によって行われるのであろうか。それは、小児の性の感動そのものを犠牲にして行われるのである。したがって、その性的感動の主流は、この潜在期の間もやむことなく、そのエネルギー、即ちリビドーは、全くか、さもなくば大部分、性的な目標から、他へ誘導され、別な目的に用いられるのである。性的な原動力を、このように性目標からわきにそらして、新たな目標に向けることであらゆる文化的な仕事をするための莫大《ばくだい》な力の成分が得られると、フロイトは考えたのである。さて、これがいわゆるリビドー説であり、フロイトが、人間の行動の動機として色欲本能だけを考えていた頃の、一種の一元論である」

藤尾は、この講義が始った時から、講義の内容は上の空で、どうやって五十嵐教授に、この話をきり出そうかと、あれこれ考え続けていた。何といっても智恵子は教授のたった一人の娘である。いかに藤尾の家が資産家であっても、おいそれとはくれそうにない。だが藤尾は、智恵子にはすっかり参っている。十分間以上も彼女のことを考えていると、完全に分別をなくしてしまうくらいである。心臓が燃え、本当にキリキリと痛みだすのである。少しのことで激しく嫉妬《しっと》したり、徹底的に苦しんだりするかと思うと、彼女の靴の裏まで舐《な》めたくなる。彼女なしでは、生きていけない気持である。事実最近では、彼女を通して世界を見るようになっている。世界情勢や水爆実験のニュース、映画のストーリイから魚屋の店先のたらの尻尾《しっぽ》に至るまで、あらゆるものから智恵子を連想するのである。彼は日曜ごとに五十嵐邸へ遊びに行く。もちろん智恵子の黒い瞳《ひとみ》、理智的な白い額、そして魅惑的な、のびのびした姿態にお眼にかかるのが第一の目的である。もしも彼女が、別れぎわにやさしい言葉のひとつでもかけてくれようものなら、もう嬉《うれ》しくて嬉しくて、笑って、歌って、踊って、叫んで、そして酒を飲んで飲んで飲みまくる。だが酒には弱いため、いつも決ったように泥の中へ転がって、ドロドロになってしまう。そして次の休みにはまた、顔を洗って綺麗《きれい》に頭を分け、さっぱりした服装で、おとなしそうに智恵子の前で、犬ころか何かのように、その眼の色をうかがうのだ。それが最近の彼の生活だった。

　五十嵐教授の講義はまだ続いている。

「――しかしフロイトは、このように人間の行動の動機となるものを、一元論的に解釈するだけでは不充分だということに気がついたのである。晩年、彼は二元論的立場に立って、人間の衝動には二種類あり、ひとつは色欲的或《ある》いは性愛的衝動で、いまひとつは破壊しようとする衝動であるとしたのである。そして後者を、攻撃衝動ないし破壊衝動として総括したのである。要約すれば、色欲本能が生への衝動であり、破壊力が死への衝動である。フロイトはこの両者が、『相反する人間の衝動である』という、二元論的立場に立ったのである」

岸沢は、五十嵐教授の講義を、なかば機械的にノートにうつしとりながら、その内容に関してはてんで上の空だった。この講義が終ってからの休憩時間を利用して、五十嵐教授の研究室を訪れ、どういうふうに話をきりだそうかと、あれこれ考えていた。岸沢がいかに成績優秀な模範生であっても、五十嵐教授は、田舎出の苦学生においそれと一人娘をくれるような太っ腹な人物ではなさそうだ。だが、岸沢は、どうあっても智恵子と結婚しなくてはならない。排他的な学閥の中で、講師、助教授、教授というコースを短い一生のうちで無難に辿《たど》ろうとすれば、よほどの秀才でもない限り強力な援助者が必要だ。だが、学界の権威者である五十嵐教授の養子にさえなれば、もうしめたものである。人生は戦いだ。競争者を押しのけて、智恵子を俺のものにするんだ。岸沢はひとりでに血走ってきた眼を教室の反対側の隅の藤尾に向けた。金満家のお坊っちゃんめ。今に見ろ。色の白い豚め。彼奴《きやつ》はいつも、俺を無視していやがる。智恵子の前でもそうだ。まるで自分一人が智恵子の所有者といった態度だ。低能の癖に！　頭の中を駈《か》けめぐる怒りと焦燥に、岸沢はペンを持つ手が震えているのを知った。

教授の淡々とした講義はまだ続く。

「色欲本能と攻撃本能、この二つの相反する衝動は、すべての人間が行動への原動力として、両極的に内蔵しているのである。ただ、どちらの衝動が多量にその人間の行動のエネルギーとなっているかは、各個人によって異るのである。話が横道へそれるが、色欲本能の強い人間は、愛することにおいて他方に勝る。しかし攻撃本能の昇華の産物、つまり仕事に対しては他方に劣るのである。同様に、攻撃本能の強い人間は、情緒的に不完全ではあるが、合理的に衝動を満足させた場合は、社会的に大きな業績を残す結果となるのである。さて、したがってこの二元論的立場より見た理想的人間像とは、つまりこの相反する二つの衝動の牽引力《けんいんりょく》が完全に均衡を保っている精神の持ち主を指すことになるわけである」

教授の講義は終った。藤尾と岸沢はほとんど同時に立ちあがった。

二

「パパ、困っちゃったわ」

背後から首にしがみつかれて、いいパパの五十嵐教授は眼を細めた。

「どうしたね」

と、軽く智恵子の手の甲をたたく。

「だって……」

智恵子はもじもじする。ゆったりとソファに腰をおろしていた五十嵐教授は、読んでいた学会誌を横においてふり向き、智恵子の白い憂い顔を見あげる。

「いってごらん」

教授の尖《とが》った鼻の頭を人さし指で押さえつけて、智恵子はいう。

「結婚を申しこまれたの」

「ほう、誰に？」

そう訊《たず》ねながら教授は、今日の昼過ぎに、教授の研究室で起った小ぜりあいを思い起して、少し頬がほころびかけた。

「……まてまて、わしが当ててやろう。藤尾だろう？」

「……」

「それとも岸沢かな？」

「両方よ」

「両方？　そいつは愉快じゃないか」

「愉快がってちゃダメよ。真剣にご相談してるのよ」

「無論そうだろうさ。もし冗談だったらこの上なく不愉快だ。二人とも真剣なんだろうな？」

「馬鹿にしないで」

「親子喧嘩《げんか》はよそう。智恵子はどちらがいいんだ？」

「わからないの」

「どうしてだね？」

「ものすごくおなかがすいていて、一歩もあるけないんだけど、前にはビフテキとトーストがあるの。ビフテキは遠くの方にあるんだけど、トーストは食べてくださいといわんばかりに、眼の前にあるの。パパならどうする？」

「そのトーストは、バターかねジャムかね？」

「どちらでもいいわ」

「トーストで腹ごしらえをしてから、ビフテキに突撃だ」

「結婚の話よ」

「よかろう、そのトーストみたいな、おべっか野郎はどっちだね？」

「藤尾君よ。毎日ラヴレターをくれるわ。日に一度の郵便配達が不満だっていってるわ」

「岸沢はどんな意志表示の方法を採用したかね？」

「それがケッサク。君と結婚したいんだけど、君と先生と、どちらへ先に話をすればいいか教えてくれっていうの」

「ふん。変ってるね」

「変りすぎてるわ。まるで恩に着せてるみたい。それにあの人の態度、私を好きなのかどうかわからないわ。でも、とてもそれが魅力なのよ！」

「藤尾はどうかね？　魅力的かね？」

「そうは思わないわ。でも、パパは心理学者だから、女の気持がわかるでしょう？」

柄になく智恵子が女の気持などといい出したので、教授は吹き出しそうになった。

「なるほど、お世辞やおべっかとわかっていても、やはり頭へくるかね？」

「そんないい方しないで！　ねえ、どうすればいい？」

「正直な話、わたしにはまだ、あの二人がよくわからないんだよ。この夏休みに、二人をつれて湖畔へ行こうかと思ってるんだ。よく観察するためにね」

「あらいやだ。あの幽霊屋敷へ行くの？」

「幽霊屋敷に出てくる幽霊ってものが、そこに住む人間の精神の産物だとしたら、あの屋敷はまさしく幽霊屋敷だろうね」

「ねえ、どうしてあんな別荘を買ったの？」

「面白いからさ。離魂病ってやつは、寝ている人間の魂が肉体から離れてさまようんだが、おまけにあの屋敷はその魂が家全体に作用するんだね。潜在意識――いや、更にその深層のエスを構成している無数の因子が、睡眠中の抑圧除去によってある浮力を生じ、物質的な形となって空気中に拡散し、あの気味の悪い湖から始終立ちのぼっている正体不明の一種のガスに同化してしまう。そして周囲の状況や雰囲気を、本人のエスの状態に再構成するんだな。私はパラ・サイコロジイには、あまり詳しくないが、いわば超心理の還元作用ともいうべき、実に珍しい、奇妙な現象だな」

「いやねえ、気味の悪い」

「そこで岸沢や藤尾のエスが、どんな衝動を持っているかを観察するわけだ。これはなかなか、面白いことになると思うんだがね」

「そんなとこ、わたしは行かないわよ。他人の心理なんて、あまり興味ないんですもの」

「お前は来ない方がいいだろう。お前のエスの怪物があらわれたりしたら、大変だからな」

「いやなパパ」

三

針葉樹の上品な香りが、湖の上から吹いてくる夜風にのってバルコニーの三人へとただよい流れてくる。五十嵐教授、岸沢、藤尾の三人は、スコッチのグラスをひねりまわしながら、月の光に照らされて、魔物の青い鱗《うろこ》のようにきらめく湖上を、魅せられたように凝視していた。

山荘は湖を約十メートル下に見おろす崖の上にあった。三人は荷物を広間のソファに投げ出したまま、小さく湖上に張り出したバルコニーの円卓を囲み、旅の疲れにぐったりとなった身体を籐椅子《とういす》に投げかけ、心地よい夜風を浴びながらウィスキーを飲んでいた。

三人は黙っていた。気まずさはあり過ぎるほどあったが、この湖水面から発散している奇妙な魔力に半ば理性を麻痺《まひ》させられてしまった今、わずらわしい人間関係や俗な感情など、小さなこととしか思えなかった。

やがて、酒に弱い藤尾が、ふらふらした足どりで立ちあがった。

「君の部屋は、二階の北側だ」

うしろから教える教授の声にうなずきながら、両手にトランクとボストンバッグを持ち、藤尾は階段をゆっくりと上った。奇妙な雰囲気と辺りの静かさに、発散させる術《すべ》もなく、頭へこもった酔い方をしてしまった彼は、自分の部屋に入るなり、トランクを投げ出しシャツを脱ぐと、ベッドの上に倒れた。

いつか湖水は、白い不透明の液体に変化していた。なおも飲み続けていた教授と岸沢は、湖上にぽっかりと浮ぶ乳白色の月の表面に、異様な点があらわれたのに気づいた。それはちょうど月の中心にあり、濃いピンク色をしていた。その点の周囲は茶色く、縁ほどぼけていて、やがて月の肌色に溶けこんでいた。

「何でしょう？」

じっと見つめていた教授は、やがて言った。

「乳房だ」

「じゃ、これはミルクですね？」

岸沢はにぶい薄桃色がかった乳色の湖水面を指した。

いつか湖の周囲の木々は、角ばった針葉樹の男性的な直線をすべてエロチックにくねらせていた。近くの山々も、女性的な曲線で縁どられたシルエットを誇示して、まさしく寝そべっていた。

教授と岸沢は顔を見あわせ、苦笑した。岸沢は眼を閉じ、頭を激しく振った。そして又グラスをとった。

「もうよしたまえ君。甘ったるくて飲めやしない」

教授はグラスの中身を湖へ捨てた。

「いかにも、あいつらしいや」

軽蔑《けいべつ》した口調で吐き捨てるようにいうと、岸沢は立ちあがった。一歩室内へ入ったとき、彼はおどろいて喚声をあげた。

壁紙は煽情《せんじょう》的な淡いピンクを主調色として、サーモンピンク、藤色、濃紫色等の色でエロチックな気分をいやが上にも盛りあげ、家具調度は、まるでいかがわしい形にうねり、よじれ、額にはヌード、壁にもベタベタとヌードがピンアップされていた。

「先生！　来てください！　先生！」

部屋に入った教授は、ニヤニヤ笑いながらあたりを見まわし、皮肉な口調で呟《つぶや》いた。

「こんなことだろうと思ったよ。ところで岸沢君、そのラジオをとめてくれんか。頭へくる」

岸沢は、頭へくる音を発しつづけているラジオのスイッチを切り、横のソファに腰をおろした。ソファの肱《ひじ》掛《か》けはくねくねと彼に媚《こ》びるような仕ぐさで伸び、彼を抱きしめようとした。彼は飛び起きた。

酔い覚ましの水を飲もうとして台所へ行き、教授が水道の栓をひねると、コップの中へはいきなり精液が噴出した。

部屋の中は艶《つや》っぽい熱気と匂いに満ちていた。岸沢は胸がムカムカした。

「先生、風呂場《ふろば》で身体を洗いませんか？　変にべとついて、いやな匂いがしみこんじまいました」

「わたしはいやだね。風呂場の中がどんな風か、およそ想像がつくよ」

タオルをとり出そうとして、岸沢はトランクをあけたが、中には女ものの、ピンクの薄い下着類がぎっしり詰っているだけだった。

上衣を脱ぎすてて風呂場へ入っていく岸沢を、期待に満ちた視線で見送ってから、教授は壁に埋込《うめこ》まれた本棚の戸をあけた。しかし謹厳な教授の読むに耐える本は一冊もなかった。

やがて風呂場で悲鳴が起った。岸沢が裸のまま血相をかえて風呂場からとび出してきた。そしてそのままの恰好《かっこう》で玄関の方へと駈け抜けた。そのあとから、いきいきとしたピンクの肌を光らせて、四、五人の裸体の娘が嬌声《きょうせい》をあげながら彼を追った。どの娘も、どこかが智恵子に似ているので、教授はいやな気がした。

ピンク色の一団が出ていった後、教授はゆっくりとバルコニーへ出て、湖畔を見おろした。

岸沢は息をはずませながら、湖畔を逃げつづけていた。湖岸の砂は、いつか軟体動物の表皮のような、ヌメヌメとした感触にかわり、なまあたたかさが、足の裏からつたわってきた。

背後から、気の遠くなるような嬌声をあげながら、ピンクの肌の一団が迫ってきた。再び岸沢は悲鳴をあげた。心底からの恐怖の叫びだった。彼は倒れた。頭がザブリと湖水に浸った。モロモロの人乳が彼の鼻の中へ入った。弾力性のある、あたたかいものが、何重にも背中へからみつき、覆い被《かぶ》さってきた。

バルコニーの上から、まるでエロチックなギリシャ神話の中の情景をまのあたりに見ているような気持でこのありさまを眺めていた教授は、急に手洗いへいきたくなったが、この調子だと、便所で何が起るか大体想像がついたので、我慢することにしたのである。

四

疲労と睡眠不足で、真赤に腫《は》れあがった眼をしょぼつかせ、岸沢は一日中ふくれっ面をしていた。教授から一部始終を聞いた藤尾は、すまなそうに顔を赤らめ、低い声で岸沢にいった。

「寝りゃいいじゃないか」

岸沢は嚙《か》みつくようにいった。

「俺は昼間は眠れないんだ」

そして身体中にしみこんだ淫猥《いんわい》な匂いと汚れを洗い落そうとするように、一日中湖で水を浴びつづけた。

教授は藤尾を意味ありげにしばしば眺めた。冷酷で皮肉なその視線が自分に向けられるたびに、藤尾は身がすくんだ。恥かしかった。とうとうたまりかねて、なかば突っかかるように、彼は教授にいった。

「はっきりいって下さい。僕は落第ですね？　僕みたいに淫蕩《いんとう》な男には、智恵子さんを貰《もら》う資格はないんですね？」

教授は、やけくそになった口調の彼を、手で制して、いった。

「淫蕩というのではない。もちろん君は智恵子を愛してくれるだろう。熱烈にね。しかし、あまり愛しすぎて他のことが何もかもお留守になってしまっては困るんだよ。まあ、まだ落第ときまったわけじゃない。今夜を待たなけりゃ、わからないよ」

辺りが薄暗くなりかけた頃、岸沢は自分のベッドへもぐりこんだ。そしてたちまち、泥のように眠りこんでしまった。

山荘はあやしげな、灰色の雰囲気に包まれた。部屋の隅ずみには、いつの間にか蜘蛛《くも》が巣をはりめぐらし、グロテスクな肢体を網の中央でのたくらせ、黄色く光る眼をゆっくりと動かしていた。

落ちついた部屋の中は、どことなく殺風景な様子に変り、ラジオは浮き浮きしたスイングの演奏をやめて、鬼気迫る不気味な呻《うめ》き声を発しはじめた。

何が起るかとビクビクしながら、藤尾と教授は広間のソファに腰をおろし、待ちかまえていた。

耳がおかしくなるほどの轟音《ごうおん》をあげ、広間の入口の両開きの一枚戸が撃ち抜かれた。自動小銃の弾丸で、戸は蜂の巣のようになり、人の形を残してささくれ立った。やがて戸の向こうがわで、ドタリと人の倒れる音がした。藤尾が教授にいった。

「これは、あいつといっしょに見た映画ですよ」

邸内に、又銃声と悲鳴が起った。二階では、断続的に自動小銃を撃つ音がしていた。女の悲鳴が戸のすぐ向うに起ったので、藤尾は思わずソファから立とうとして悲鳴をあげた。毛皮のじゅうたんには、一面に針が植えつけられていたのだ。

その時、壁の柱時計が八時を打ち終るなり爆発した。

「時限爆弾だ」

教授がいった。

それからしばらくは、遠くの方に銃声だけがきこえた。

いつのまにか本棚には、ハメットからスピレインまで、それに犯行現場写真集などがズラリと並んでいた。

やがて藤尾は、夕食の用意をしようとして台所へ行き、冷蔵庫をあけた。だが、彼は悲鳴をあげてとび退《の》いた。カチカチに凍《こお》りついた胎児の死骸《しがい》が、足もとにゴロゴロところがり出したのだ。水道の蛇口からは血が噴出した。夕食はあきらめなければならなかった。

教授と藤尾は広間でぼんやりしながら、遠くに、ある時は近くにきこえる銃声や、叫喚や、呻き声に耳をすませた。

突然、猿に近い獰猛《どうもう》な顔つきのギャングが二人、広間へとびこんできた。

「気をつけろ、藤尾！」

教授が叫ぶなり、片方の男の手にしたブローニングの三二口径が火を吐いた。藤尾の背後のバルコニーとの間の一枚ガラスが砕け、彼の頭上へ破片を被せた。いつの間にか、藤尾の手にはコルトのオートマチック二五口径が握られていた。二、三発応戦してから、藤尾はバルコニーへ駈け出ると、手すりを越えて十メートル下の湖岸にとびおりた。砂の上に横ざまに転倒した彼の周囲に、軽機関銃の弾丸がプスプスとめりこんだ。彼は立ちあがり、湖岸に沿って逃げた。

青い月に、不気味に照らし出された湖は、一面赤黒い血に満たされていた。

背後から、二人が迫ってきた。藤尾は横にそれて、暗い林の中へ入った。山びるがポタポタと音をたてて彼の顔にへばりつき、うるしの枝が生きもののように彼の身体を包みこもうとした。蛇が鎌首をふって、樹上から襲いかかった。彼は悲鳴をあげながら、両方の腕をふりまわした。

一人のギャングが、行手に立ち塞《ふさ》がった。藤尾は、いつの間にか手に持っていた原子火炎銃を、そいつに向けて放射した。そいつは火だるまになった。約五秒間、悲鳴をあげながら燃えつづけ、消えた。もう一人が彼の背後から組みついた。ふりほどいて向き直ると、銃の台尻《だいじり》で脳天を一撃した。倒れた。上から顔を踏みつけると折れた歯が足の裏へささった。

山荘では、教授が一人で奮戦していた。床の上は死骸の山だった。旧式なレミントンの四四口径をふりまわしながら、五十嵐教授は次から次と現れるギャング、殺し屋、はては海賊、インディアンの類《たぐ》いを、バタバタと撃ち倒した。最後に、ナチスの軍隊がやってきた。教授は何十人かのドイツ兵に組み敷かれ、地下の倉庫へ投げ込まれた。倉庫の奥は、ユダヤ人の死骸が山をなしていた。天井の隅の換気口から、毒ガスらしい気体が噴出した。

「アウシュヴィッツだ」

教授は蒼《あお》ざめた。

湖畔では大虐殺が行われていた。山荘は十六世紀頃の寺院に変貌《へんぼう》し、バルコニーには冷酷な顔つきの中年女が、黒服を着てこの状景を超然と眺めていた。

「カザリン王妃だ。これは、セント・バーソロミュー寺院の大虐殺だ！」

捕われの身の藤尾は、ふるえあがった。何百人ものユグノーが、眼の前で首を切られ、胸を刺されて死んでいく。血の匂いがあたり一面に拡《ひろ》がった。胸がむかむかする。もうすぐ自分の番だ。悲鳴、叫喚、断末魔の呻き。

「もうたくさんだ！　やめろ！　こんなことは嘘《うそ》だ！　本当じゃないんだ！　やめてくれ！」

藤尾は漆黒の夜空に向って、気が狂ったように絶叫しつづけた。

五

教授の前に小さくなった二人は、絶望と自己嫌悪から、何もいえなくなってしまっていた。ただ、講義口調で例のごとく淡々としゃべる教授の言葉に、ときどき思い出したようにうなずくだけだった。

「特に君たちが変質者だとか、不道徳だとか、そんなことをいっているんじゃないんだ。これはわかってくれるだろうね？　ただ君たちのインテリジェンスと比較した場合、衝動があまりにも一方へ偏しているように思えるんだ。岸沢君の場合は、攻撃精神が君自身の仕事へのファイトを盛りあげ、その事業を完成に導き、君自身も社会的地位や名声を確保することだろう。だが、一方家庭的にはどうだろう？君の独占欲の強さから判断すれば、智恵子と結婚しても、更に他の女を求めずにはいられないだろう。こんなことをいうのは酷なようだが、しかもそれは、単に独占欲のためにその女を求めたり、あるいは他の目的に達するための手段としてその女を求めたりするわけだ。それが仮にできなかった場合は、必然的に君は家庭での暴君となるだろう。一方藤尾君は、あまりにもエロチックな願望が強くて、結婚後は色欲本能の昇華作用が甚だしく困難になり、気が抜けたようになってしまって、仕事への熱情が湧いてこなくなるんじゃないかと思うね。まあ、大分おしゃべりをしたようだが、だいたい、わしのいわんとするところはわかってもらったように思う。さて、わたしは寝るよ。なにしろ二晩ぶっ続けで君たちのエスのお相手をさせられたんだからな。ふらふらだ。ハハハ。じゃあ、おやすみ」

教授はあくびをしながら、寝室へ引きこもった。残された二人は、すでに敵意を失った、疲れた眼つきで、お互いを見た。

「遠まわしな拒絶だな」

「いや、はっきりした拒絶だよ」

「一方の衝動に偏した人間か……。しかし完全に平衡を保った精神の持ち主なんて、いるんだろうか?」

「いるものか。そんな奴は人間じゃない。まあ見ていろ。もうじき教授のエスがあらわれるから。その時こそ俺たちはいってやれるんだ。教授の求めているような理想的人間なんて、いるはずがないんだってことをな。教授自身が、どれだけ不完全な人間かってことは、もうすぐわかるんだ」

しかし、一時間たち、二時間たっても、邸内には何の変化も起らなかった。静かだった。二人は湖畔へ出た。湖には波ひとつ立っていなかった。鏡のように、雲ひとつない青空を映していた。

今は、二人とも教授の人格にすっかり圧倒されていた。腹だちも口惜しさも忘れ、教授を心から尊敬していた。

「教授の心には、雑念の起る余地がないほど静かに、衝動が牽引されて、平衡に保たれているんだな……」

岸沢がいった。

「……まるで、この湖のように……」

その時、湖の中央が急にざわざわと波立つと、高く水しぶきをあげて、水面上五十メートルほどの高さに、およそ二人が想像もしたことのないような巨大な、恐怖に身もしびれるようなグロテスクな恰好の怪物が、怒りに眼を血走らせて立ちあがった。二人を睨《にら》みつけると、何十メートルもある水しぶきを飛ばしながら、岸へ走ってきた。

二人は悲鳴をあげて、林の中へ逃げこもうとした。しかし二人とも、あまりの恐ろしさに足の関節がガクガクして、思うように走れなかった。二人は、林の手前で、巨大な怪物の前肢に押さえつけられてしまった。

怪物は両手に押さえつけた二人をかわるがわる眺めて、唸《うな》るような声をだした。

「智恵子はわしの娘だ。大事な一人娘だ。お前たちなんかに取られてたまるものか。智恵子は、わしのものだ」

そして怪物は、二人に向って、白い歯が上下二列に生えた真赤な口をカッと開いた。

無限効果

精和製薬の社長室で、宣伝課長の大森は、休む間もなしに次から次と頭上に落ちてくる雷雨のような社長の叱声《しっせい》と罵言《ばげん》を、膝《ひざ》を震わせながら甘んじて受け止めていた。膝の上でぐっと握りしめた骨ばった両のこぶしも、上品に鼻下にたくわえた口《くち》髭《ひげ》も、今は膝の震えに同調して、微動しつづけていた。白い額には静脈が浮き出て、薄く結ばれた唇は痙攣《けいれん》し、今はその英国紳士然たる風格も形なしといったあわれな有様だった。

大森課長とは対照的な、肥満した実業家型の社長は、相手に弁解する間もあたえず、次々に不満を投げつけ、自分の言葉に一層興奮してさらに過激な言葉を大森課長に浴びせかけていた。赤ん坊の手をそのまま大きくしたような握りこぶしを、ピンクに上気した丸顔の上に短い直径の円周を作って、何度もぐるぐると振りまわしながら、まるで喋《しゃべ》り終った時を恐れるかのように、とめどなく喋りつづけていた。

「いったい、他の会社の精力剤と、我社の製品のどこがどう違うというのだ。成分に変りはない。ビタミンB_1、パントテン酸、イノシトール、五〇〇〇単位のビタミンA、他の錠剤に含まれているもので、ラリゲン錠に含まれていないものはない。ゆえに、ゆえにだ、他社の錠剤と効きめは同じのはずなんだ。肩のこり、精力減退、疲労、高血圧、動脈硬化、記憶力減退、何にでも効くはずだ。では何故売れないか！」

社長はテーブルの上に短い上半身をぐっと乗り出させ、太い指を大森課長に突きつけた。大森課長は眼をしょぼつかせ、俯《うつむ》向いた。

「宣伝が下手糞《へたくそ》だからだ！」

社長は真赤なハンカチでくるりと顔を拭《ぬぐ》い、ついでに禿《は》げた頭もつるりと拭いた。そして興奮しきったように息を切らせながら、大きな両袖のテーブルの横をぐるりと廻《まわ》って大森課長の前に立ち、再び彼の鼻先に人差し指を突きつけた。

「宣伝がなっとらんからだ！　他の会社の精力剤が、あんなによく売れている。ラリゲン錠だけがさっぱり売れない。宣伝しようという気がないからだ！　宣伝費は、他社の予算と比較しても大して違わない。要するに頭の問題だ。いいかね。今は錠剤時代だよ。錠剤はすでに現代人のアクセサリーなんだ。なくてはならないものなんだ。誰でもが買うはずなんだ。見たまえ、錠剤族はウヨウヨとしている。喫茶店で、オフィスで、トイレットで、ありとあらゆるところで、小さな透明の茶色いガラス瓶《びん》をとり出して、手のひらの上でちょいと傾け、パッと何かを口の中へほうりこんでいる人間が、かならず一人はいるんだ。これすなわち錠剤族だ。この錠剤族を、なぜラリゲン錠の虜《とりこ》にできないんだ！　いや現代人がすべて錠剤族になる素質を持っているとすれば、宣伝次第ではすべての人間をラリゲン族にできる筈《はず》なんだ！　他社の宣伝を、ほんの少し追い抜くだけでいいんだ！　それだけで、すべてが決定するんだ！　そんなことができないのか！　それほど君たちは無能なのか！」

大森課長の、今は極端に鋭敏になってしまった神経は、社長の一言一言に彼の四肢をピクつかせ、脳細胞を刺戟《しげき》した。眼の前がぐるぐる廻り出し、四周の茶色い壁材が、バタバタ倒れかかってくるように感じられた。

「どんな手段をとってもいい。君たちの才能をラリゲン錠の宣伝に傾けろ！　雑誌、新聞、ラジオ、テレビ、マス・コミュニケーションを最大限に利用しろ！　まず強引な強要だ！　お買いなさい、損はしません、まけてあげます、お買いなさい、今までのと違います、お買いなさい、他のとは違います、安いんだ、お買いなさい、お買いなさい。その次は徹底的なくり返し戦術とイライラ戦術だ。ラリゲン、ラリゲン錠、ラリゲン、ラリゲン、ラリゲン錠、ラリゲン、ラリゲン、ラリゲン錠。それで買わなければ次は殺し文句とおどしつけだ。癌《がん》ですって？　ラリゲン錠をのまないからです。脳卒中、脳溢血《のういっけつ》、脳軟化の予防にはラリゲン錠あるのみ！　老衰、心臓の疾患はラリゲン錠で防げます。ラリゲン錠をのまないと結核になります。いいか、病気の名前を全部あげるんだ。誰だってひとつぐらいは思いあたるだろう。驚ろかせ、ドキつかせ、錠剤を買わなければのっぴきならぬ気持にさせてしまうんだ。すべての人間を！」

社長は赤い頰の筋肉をピクピク動かした。大森課長は頭がガンガン割れそうに痛み、卒倒寸前だった。そんな彼に、社長は最後の打撃をあたえた。

「これからすぐに考えろ！　そして何らかの対策或《あ》るいは具体案を、明日中に提示しろ！　一時のがれでは駄目だ！　もしもあと二カ月のうちに、ラリゲン錠の売り上げが上昇しなかった場合は、その場合は……断固として宣伝課全員に対し何らかの処置をとる！」

社長室を出るとき、大森課長の顔は苦悩と焦燥と恐怖と絶望で歪《ゆが》んでいた。椅子から立ちあがることのできたのが不思議なほど、彼の膝関節はガタついていた。ふらふらしながら自分の机に戻ると、彼はがっくりと椅子にくずれ落ち、頭をかかえこんだ。

「破滅だ……」

彼はつぶやいた。

少し以前から、宣伝課全体がスランプ状態であったことは、社長がそれと気づく以前に彼自身よく承知していた。新しい文案ができて、これこそと思った途端に、他社に先を越されたり、すばらしく突飛で効果的だと思ったテレビ・コマーシャルが、薬事法第三十四条にひっかかってしまったり、都心に建てた巨大なネオン塔が突風で転倒したり、思いがけぬ災難の連続でもあった。

大森課長にしても、これを災難とあきらめて、のほほんとしていたわけでは毛頭なかった。たちおくれたラリゲン錠の宣伝を軌道に乗せようと躍起になっていたのだ。

すでに、ギブ・アンド・テイクの広告方式では、他社の巧妙な宣伝に遅れをとることは明らかであると、大森課長は考えついていた。受けとる側に慰安と娯楽をあたえ、教育し、いわばそのお返しとして商品名を覚えてもらうという、まわりくどいやり方では、このスピード宣伝の時代——いいかえれば精神的暴力による宣伝広告時代においては、すでに大きな距離になったハンディを、ますます大きくするようなものである。

では、どうするか?

大森課長にはわからなかった。課員からもすばらしい提案はなかった。

ただ一人、小村という若い課員が、テレビ映画のフィルムを加工して、サブリミナル・パーセプション現象をあたえればどうかという意見を出した。

これはつい先頃アメリカで問題になった、意識下知覚を利用した潜在意識広告である。例えば、映画のフィルムの中の、何十コマかに一コマの割合で、ラリゲン錠と書いたフィルムを挿入しておくと、観客は何秒かに一回ずつ、眼にもとまらぬ速さで、ラリゲン錠と書いた画面を見ていることになるわけだが、もちろん実際には見えたという感じはせず、映画を見終っても、ラリゲン錠を知らない。だがそのうちラリゲン錠という言葉がひょいと口をついて出たり錠剤ということからひょいとラリゲン錠を連想したり、薬屋で思わずその名前をいってしまったりするようになるのである。

だが、これは特定のイデオロギーや政治的な宣伝に使われたりすると大へんなことになるという理由で、アメリカの国会では大きく問題にされたくらいだから、多少とも社会的道義心の強い大森課長は、明るみに出た際には会社の信用を大きく落すことになるということで、いったんはこれを退けたのだった。

だが、まるで鼠《ねずみ》のように、薄暗い精神的鋭角の片隅の窮地に追いつめられた今、大森課長は再びこの案を思いついた。そして、もう一度検討してみる気になったのである。

彼は考え続けた。

退社時を過ぎたのにも気がつかなかった。ガランとした事務室に彼はただ一人、机の上の灰皿を煙草の吸殻でいっぱいにして、考え続けた。

十二時近くなり、やがて彼は立ちあがった。大学時代の友人で、脳波の研究をしている小奈峰博士のことを思い出したのだ。以前彼は博士の研究室で、面白半分に脳波測定器の実験台に坐ったことがあった。その時は、瞬間露出器によって提示されたカードの単語への反応を記録するだけだったが、数日前の久しぶりの来信によると、電波を脳波に同調させる方法を考えついたとのことであった。電波を脳波に同調させるとは、いったいどういうことなのか彼にはわからなかったが、とにかく博士に会うことで何か具体的な案をつかめそうに思えたのだ。

今となっては、意識下知覚を利用する方法でいくか、薬事法三十四条に触れずにはいないような、激しい誇張した広告をするか、二つに一つの手段しか考えられなかった。薬事法三十四条というのは、「何人も、この法律に基いて製造する医薬品、用具又は化粧品の名称、製造方法、効能、効果又は性能に関して、虚偽又は誇大な記事を広告し、記述し、又は流布してはならない」という法律で、製薬会社の各々の宣伝部では、これに触れずに如何《いか》に効果的直接的な広告を作るかということで、常に頭を悩ましている。だが、意識下知覚にうったえる適当な方法さえあれば、もうこの法律に悩まされることはないわけである。

大森課長は、小奈峰博士がいつも、深夜の三時頃まで研究室にとじこもっているのを知っていた。彼は大学の構内にある研究所へと車をとばした。

タクシーの中で、大森課長はふと、無限効果という言葉を思い浮べた。この小さな町には、四万八千の人間がいる。この人間たちの一人のこらずが広告を見て、仮に四百八十人が薬を買ったとする。これは宣伝効果一パーセントである。全部が買ってても百パーセント。では、無限効果とは？　大森課長は、自分がいったいどこから無限効果などという言葉を思いついたのだろうといろいろ考えてみたが、わからなかった。

小奈峰博士の研究室には、窓ごしにあかあかと灯りのついているのが見られた。古い木造の建物に入って行き、いちばん奥のドアを叩《たた》くと、あいかわらず弱々しい、細い博士の声が、お入りとつぶやいた。

四坪ほどの研究室の床は、赤、黄、青、白、黒、緑の各色のコードが網の目のように配線され、各所に置かれた奇妙な形のアンプが、無数の豆球を明滅させていた。周囲の壁には脳波グラフが、何枚も重ねてベタベタとピンアップされ、三台のテーブルには脳波測定器、精神電流測定器（いわゆるウソ発見器）、瞬間露出器、そして得体の知れない巨大な受信器のような機械が、雑然と並べられていた。

小柄で痩《や》せぎすの小奈峰博士は、大森課長を見ると、何故かホッとしたような表情を見せた。眼鏡の奥の細い眼をしょぼしょぼさせて、博士はいった。

「やあ、いいところへきてくれたね。又、君の力を借りたいんだ。ちょうど今、脳波の記録と再生に成功したところなんだ。誰かに実験台に坐ってもらいたいんだが、こんな深夜で、実習生が一人もいないんだよ」

「脳波の再生って、何だい？」

「よろしい、ゆっくり話そう。まあ、そこへ掛けたまえ」

小奈峰博士は、この深夜に大森課長がやってきたことについては何の疑問も持たないように淡々とした調子で喋りだした。

「君も知っての通り、脳波というのは一種の静電気だ。この電気を測定すると、無数の形のグラフができるんだが、どんな形のグラフが、どのような感情、どのような知覚、どのような意志、そしてどのような思想をあらわすかということは、厖大《ぼうだい》な統計が必要で、完全な結びつけは、ほぼ不可能に近いんだ。そこでわたしは、もっと手っとり早い方法を考えたんだ。わたしが、電波を脳波に同調させる方法を発見したことはご存じだね？　まず、記録した脳波を電気に再生する。その電気を電波に変えて増幅し、送信器より発信する。この建物の屋上に、底の浅いお椀のようなアンテナが四台、四方に向っているのを見たことがあるだろう？　あれはこの町の中に電波を送信できるんだ。ところで、人間の頭は一種のアンテナのようなものだから、脳波に同調する電波を与えた場合は、町中の人間の脳波を、発信した脳波の形に変えることができるわけなんだ。しかしこの脳波ってやつは、言葉や文字のように感情や思想を端的にあらわしたものではなく、単にイメージの連続だから、受けとった者が再思考するというわけではなく、自分の経験を加えるということになるわけだね。そのかわり、受け入れは言葉や文字や、五感よりも直接的で容易だから、幼児や家畜にも伝達することができるんだ。さて、そこでだね、早速何か端的な思想を持った脳波を発信して見ようと思うんだが、わたし自身の脳波を記録再生するとなると、器械の操作ができなくなってしまうんだ。そこで君の脳波を記録させてほしいんだがね。もちろんこれは実験だから、その思想内容はどんなことでもいい、明日わたしが町中を観察して歩けばわかることだからね。さあ、早速こいつを被《かぶ》ってくれたまえ」

小奈峰博士は、軽金属製のヘルメットのようなものをとりあげた。先端は尖《とが》り、側面には真空管が八箇ついていて、縁には銅線コイルが巻きついている。それを博士は、すっぽりと大森課長の頭に被せたのである。大森課長は、結局ここへやってきた用件を何も話さないままに、脳波を記録されることになってしまった。

もちろん大森課長の腹は決っていた。他のことは何も考えるな、ラリゲン錠のことだけを考えるんだ。町中の人間に、ラリゲン錠に対する購買欲をあたえなければならない。自分の全能力をふりしぼって、ラリゲン錠のすべてのイメージを考えるんだ。

何も知らない小奈峰博士は、さらに二、三の注意をあたえると、リモート・コントロールのダイヤルを廻していった。

「よろしい、始めてくれ」

大森課長は、ともすれば他の雑多な想念が湧きあがってくるのを、必死の努力で押さえつけ、ラリゲン錠のことを考え始めた。

よし、まず自尊心へのうったえだ。ああ、ラリゲン錠を知らないとは、何て馬鹿だったんだろう。頭のいい奴は、皆ラリゲン錠をのんでいるのに！　次は健康だ。ラリゲンで癌が予防できる。ラリゲンで脳卒中、脳溢血、脳軟化が予防できる。ラリゲンで老衰、心臓病、結核が予防できる。ラリゲンで……。

彼は病気や症状を、思い出す限り考え続けた。

よし、次はコンフォーミティ。皆がラリゲン錠をのんでるじゃないか！　ラリゲン錠は世界的最新流行なんだぞ！　のまなきゃ恥だ！　次はセックス。ラリゲン錠で精力モリモリ！　次は能率。他の錠剤百よりもラリゲン一錠！　次は経済。安い！　得だ！　一錠たったの五円！　次は美。ラリゲン錠をのむと肌は白くなる！　きめが細かくなる！　美人になる！

大森課長は額から汗を流して考え続けた。彼は、他のことを何も考えず、ただ一つのことだけを、しかも自分でそう思いこんで考え続けるということが、これほど苦痛を伴うものだとは、思ってもいなかった。頭はガンガン割れるように痛んだ。だが考え続けた。眼が血走り、膝が又ふるえだした。唇を強く噛《か》んで考え続けた。

ラリゲン錠を買いにいこう。今すぐ買いに行こう。百円あったらラリゲン錠を買おう。すぐにのもう。そして又買いに行こう。おいしいラリゲン、甘いラリゲン、身体のためになるラリゲン！　ラリゲンをのもう。早くのもう。

「もう、いいだろう」

小奈峰博士が再びダイヤルを廻した途端、大森課長は眼の前がスーッと暗くなるのを感じた。彼は椅子から、床の上にくずおれて気を失った。

「どうも様子が変だな」

翌朝の出勤途中、大森課長は、町中の人間が一人もいないのに気がついた。人はおろか、猫の子一匹姿を見せなかった。車はみな道路に乗り捨てられていた。

一軒の店のショー・ウインドウが壊され、店の中が乱暴にひっくり返され、商品があたりの道路にばらまかれている前に出た。薬屋だった。店の中には誰もいなかった。大森課長の胸は不安で波うった。

「暴動だな」

彼は足を早めた。会社に近づくと、一種異様な兇暴性《きょうぼう》をおびた、群衆のどよめきと叫びが耳に入った。それは近づくにつれて嵐のような猛獣の咆哮《ほうこう》に似た轟音《ごうおん》に変った。

会社の前では、道路いっぱいに町中の人間がもみあって、口々に叫んでいた。女も子供も、野獣のように変貌《へんぼう》した顔に眼を血走らせ、人波をかきわけて会社の玄関に近づこうと、互いに押しのけ合い、引っかきあっていた。暴動などという、なまやさしいものではなく、集団発狂とでもいうべき凄《すさ》まじい有様だった。犬や猫、牛馬までが入り混り、その各々が完全なトランスの状態に落ちこみ、声の限りに叫び、わめき続けていた。

「ラリゲン錠をよこせ！」

「ラリゲン錠！」

「ラリゲン錠！」

大森課長は裏の道路へ抜け、倉庫の横の通用門から社内へ入った。

事務所の中では、社員たちが入口のガラスドアに内側から書類棚や机でバリケードを作り、サンプル用のラリゲン錠の奪いあいをしていた。いつもしとやかな女事務員たちも、眼尻《めじり》を吊りあげて互いに相手の手から茶色いガラス瓶を引ったくろうと、躍起になっている。書類は床に散乱し、乱闘でちぎれた服の袖やネクタイがいっぱい落ちている。

大森課長は社長室へ入っていった。社長はデスクの上いっぱいにサンプルケースを並べ、小瓶から出したラリゲン錠を両手に握りしめて次々と大きな口へ投げ込んでいた。真赤に紅潮した顔に、両眼を兎《うさぎ》のように充血させ、もぐもぐと動かし続ける口の端から、だらだらと赤黒い液体を流しながら食べ続けていた。入ってきた大森課長を見ると獣のように唸《うな》り、両手で机上のサンプルケースを胸の方へかきよせた。

「倉庫を開けろ！」

「そうだ！　倉庫を開けろ！」

社内にあるラリゲン錠をすっかり喰い尽した社員たちは、なだれのように倉庫の方へ走り出した。

「大変だ」

大森課長はあわてて社長室を飛び出すと、社員たちに先を越されまいと息を切らせて倉庫の入口まで走った。

「待て！　倉庫を開けるな！　商品だぞ！」

「かまうものか！　開けろ！」

入口の前に立ちふさがった大森課長は、押しよせた社員たちに、たちまち扉に押しつけられてしまった。

「鍵《かぎ》はどこだ！　鍵は！」

「かまわん！　扉なんかぶちこわせ！」

　メリメリと音がして、押しよせた人波に耐えかね、古い木製の扉は壊れた。その途端、倉庫の中にぎっしりと詰っていた町中の鼠が、バラバラと人々の頭の上に降りかかってきた。鼠たちは口のまわりを赤黒く染め、ラリゲン錠で、腹をはちきれそうにふくれあがらせていた。中には口にラリゲン錠を二粒三粒くわえているのもいた。

　人々は、鼠の山をかきわけ、喚声をあげて倉庫へ飛びこんでいった。

底流

（エリートだな！）

　町育男の胸の、白金の四角いバッジを見て、その事務員は深海魚のように表情を固くした。尻《しり》の下った眼の底が暗く澱《よど》み、粗《あら》い眉《まゆ》が苦痛と惑乱で震えた。小鼻が拡《ひろ》がっていた。町がまだ何も言わぬ先に、その男は、エリートに出会《でくわ》した人間が誰でもそうするように、恐るべき早さで、さまざまの精神的な防衛手段を、十種類以上もめまぐるしく考えた。それは町の意識の受容部位へ強烈に感応した。男は時間をかせぐため、町の黒眼勝ちで色の白い女性的な容貌《ようぼう》を眺め、エリートの制服である純白の背広を見て、少しとまどった様子をして見せた。

（とうとう来やがったか！　この特異体質の片輪の、非人間め……いや、考えるな！　こいつは俺の考えをテレパシイで読めるんだからこの種類の感情は出しちゃいけないそれではどうすればいいんだどうすれば……どうすればいいんだ俺は以前からこの場合のことを考えて……考えていたじゃないか何を考えていればいちばん無難にすむかということを何を考えていれば特異体質いけない片輪いけないそうだ仕事のこと……仕事のことを考え続けていれば考えを読まれても恥をかかないですむ仕事のこと仕事仕事仕事仕事仕事仕事あああああこいつは俺の顔をじっと見ているきっと俺の考えていることを面白がっているんだぞ非人間めいかん！　こんなことを考えちゃいけないいんだ！　何でもわかっちまうんだから畜生！　さあ何か言わなくちゃいけないい何か考えろ早く考えろ早く何か何か考えろ早く早く早く早く早くこいつはここへ何をしに来たんだろうそうだ！　新しい局長が今日来ることになっていたんだ二日前にちょっと課長から聞いたそれがきっとこいつだ！　じゃあこれから俺はこの化けものの若僧に顎《あご》で使われるのか！　こいつはまだ若いきっとエリート養成所を卒業して、すぐここへ派遣されたのだろう）

町は、「その通りです」と言おうとして、危く言葉を呑《の》みこんだ。エリートは普通人の意識の流れに対して返答や質問をしてはいけないのである。これは養成所へ入って第一に教えられたことなのだが、教官までがエリートであったため、今まで気を配る必要がなかったのだ。町は前意識内で急にふくれあがってきた普通人に対する優越感を、けんめいに抑圧し、それが態度や表情に出ようとするのを、よく訓練された上位自我を発動させて防いだ。抑圧は町にとって苦しかった。今までのようなエリート同士の交際なら、抑圧は不要だったから、知らず知らずに思考意識と前意識内の被抑圧部位が少なくなっていたし、意識的な抑圧作用の力も弱くなっていた。これがエリートの欠点といえば欠点であるが、それは上位自我の強さで充分補うことができた。しかしながら、この歯並びの悪い中年の事務員の思考の混乱は、町には不可解であり、奇妙なものであった。

「町育男と申します。局長にお眼にかかりたいのですが……、今日お会いする約束は、すでにしてあるのです」

町はいまさらのようなそらぞらしさを感じながら、よく透る高音で自己紹介をし、用件を伝えた。（知らんふりをしていやがるすっかり俺の考えを知ってやがる癖に！）「どうぞこちらへ。ご案内します」（しまった！　道順だけ教えて一人で行かせればよかった局長室へ行くまでの間こいつは俺の脳味噌《みそ》を観察するぞ！　でも仕方がない客の案内は俺の役目なんだからなええええいこいつめ！　俺の頭から局長室への順路を引っぱり出して勝手に行きゃあいいのに……）

「どうも、すみませんね」

うっかりして、町が本当に申しわけなさそうに言ったので、男は顔を火照《ほて》らせた。毛穴が赤黒くなった。赤黒い毛穴のままで受付のカウンターをまわり、ドアをあけた。

労働管理局の局長室までの長い廊下を、町はその男のあとに従って歩いた。男の身長は町の胸のあたりまでしかなかった。幅の広い町の胸に圧倒されたかのように、事務員はひどい猫背で小またに歩いた。町のよく光った白靴が、廊下のタイルに規則正しく固い音を響かせた。その間も男の意識は強く、弱く、二重に、時には三重にもなって、町の意識の受容部位に感応した。

人の言葉を聞くまいとすれば、耳を押さえることができる。だが、すぐ傍にいる人間の意識の流れだけは、入りこんでくるのを止めるわけにはいかない。それははじめのうち、町にとっては苦痛だった。だが訓練により、思考部位だけを強く発動させれば、それが訴えかけてくる力も割あいに弱く感じることができた。

今、男は仕事のことを考えようとしていた。町は他に考えることもなかったので、男の意識を受容した。

（B級肉体労働者の職場別衣料切符の配給状況の報告……あれを今日中に……各部課別の申請と照合してからこの突然変異の変態者め……いかん！　今日中に課長の印鑑を貰《もら》ってそれから俺の情婦……印鑑俺の情婦可愛い女十九歳の俺の情婦登世子白い首筋……額紅い唇いやだ！　もういやだこいつは意識の泥棒だ何故殺してしまわねえんだ糞《くそ》！　俺は彼女が好きだ登世子が好きだ白い太股《ふともも》と寝台あれの最終的な決裁は部長だからあの入金伝票をまわしてこいつらも恋愛はするんだろうか？　エリート同士だろうなでもエリート同士の恋愛なんてどんなものだか想像もつかないなああああああっ！　どうしてこんなに自分の意識がままならないんだ糞！）

彼は、他の多くの普通人がエリートに出あったときに考えるのと、ほぼ同じようなことを考えていたが、彼のエリート同士の恋愛についての考え方は町にはもっともだと思えて少しおかしかった。男はチラリと町の顔をうかがった。町が吹きだすのをこらえているような表情をしているのを見ると、男の顔は蒼白《そうはく》になった。額は透明のあぶら汗でいっぱいだった。気が狂いそうな、赤い眼をしていた。町は男が気の毒になり、素直に悪いことをしたと思った。

町育男にも恋人がいる。この事務員が想像したように、やはりテレパシイ能力を持つ、二学年下の十六歳の少女である。町は彼女のすべてを知りつくしているし、彼女の方も同様である。そしてお互いに、相手のすべてを激しく愛しているのだ。もちろん、まだ肉体関係はない。普通人が思春期に陥るような、好奇心だけによる結合などは、エリートの少年少女にはあり得ないからだ。肉体と肉欲の成熟を待ちながら、お互いの想像を感じあって満足しているのである。すべてをさらけ出した、暗い陰のひとつもない恋愛だ。

男の意識は極端に混乱していた。

（端正な顔をしてやがるエリートは皆こんな顔なんだな今夜は眠れないだろうな今夜はまた眠れないなこいつは女にもてないだろうな普通の女ならエリートを嫌うだろうなエリートが来たらキャッといって逃げだすだろうな畜生！　どうして俺がこんなに苦しまなけりゃならないんだこの俺が！　考えてることがわかるなんて人権侵害だ！　こいつは俺と会った途端に俺と登世子の性行為のいっさいの記憶を見てしまいやがるんだ俺には思考の自由があるんだぞ何を考えてもいい筈《はず》だいけない考えるなこいつは俺の上役になるんだぞ俺の上役うわあ助けてくれえっ入金伝票殺せ

死ねいかん入金伝票を今日中に登世子殺せ死ね｛入金伝票入金伝票入金伝票　死ね死ね死ね死ね死ね死ね｝助けてくれこの野郎俺の意識を見るのは面白いだろうあの酒井の奴など見たら面白いだろうなあいつはいつも猥談《わいだん》ばかりしてるんだからあの百倍もエロなことを考えてるに違いないいんだ俺は何を見られたって平気だぞ何もしてないんだからな悪いことはしていないもっとも考えちゃいかん少しばかり考えちゃいかん考えちゃいかん｛少しばかり収賄したことはあるが　考えちゃいかん考えちゃいかん！｝考えてしまった糞どうだこれで満足だろうさあクビにしろこうなりゃいくらでも考えてやる俺は収賄した俺は収賄した俺は十八万五千収賄した収賄した**収賄した**さあクビにすりゃいいんだ証拠だってあるぜ）

　事務員は局長室のドアをノックした。手の甲から血がにじんでいた。無意識的に掻《か》きむしるか何かしたのだろう。肩と膝《ひざ》がガクガク震えつづけていた。

「どうぞ」

　太く鼻にかかった、あまり上品でない声がした。事務員はドアを開け、中へ入った。町もそれにつづいた。

「町育男氏がお見えになりました」（さあ局長これからあんたの番ですぜ）

「どうぞ。やあ、お待ちしていました」(来やがったか！　さあ勝負だ)

局長は正面のデスクから立ちあがって部屋の中央の応接セットの方へゆっくりと歩いてきた。

普通人の中年男によくある野卑な眼つきで、病的な赤ら顔のうちでも鼻の先が最も赤かった。黒い鼻毛が長く見えていた。それは本人がそれをまるでかくそうとしていないかのような、のぞきかたをしていた。声にはなま暖かい好色的な臭気があった。

だが、いちばん醜悪なのは彼の精神状態だった。町は少し驚いた。これほど彼に対する激しい憎しみ――それも赤裸々な憎悪には、今まであったことがなかったのだ。

事務員はホッとして出て行き、部屋には局長と町が残った。そして、応接セットで相対した。

二人とも、お互いの微妙で特殊で複雑な関係を、よく認識していた。

(逆光線にうぶ毛を光らせた若僧め)

町をひと眼見るなり、さっそく局長の罵倒《ばとう》が感応してきた。

「はじめまして。町育男です。よろしく」

「こちらこそはじめまして。国枝です。お話はよくうかがっています」（どうしてこんな奴に局長の椅子を奪われなけりゃならんのだ俺がこの椅子を獲得するのに何年かかったと思うのだ糞三十五年だぞそれなのにこいつは十八歳で学校を出ただけで何の経験もなしにただ偶然生れながらにして持っていた能力のために俺にとって代ろうとするのかヒヨコめ若僧め生っ白い奴めいくら政府の方針だからといって人間の永年の努力と苦しみと経験を無視したこんな不公平な差別があってたまるものかエリートだか何だか知らないが同じ人間なんだぞ精神感応ができるというだけで特権意識にこり固った青二才めコドモめ若僧めヒヨコめ）

局長はものの一秒も経たぬ間に、これだけの罵言《ばげん》を投げつけてきた。町も、さすがにこれには少し顔色がかわるのを覚えた。よほど根強いエリートに対する憎しみがあるに違いない。

エリート同士の間での憎悪や反感は、もしあったとしてもそれがどのような誤解と偏見を根拠としているのかということが、お互いの意識の思考部位を感応しあえばすぐわかるのだから、悪だくみなどをすることもなく、稀《まれ》に少しあっても、お互いの自尊心と自己愛を認めあってすぐ安心してかくしだてのない交流をすることができる。しかし相手が普通人となると、口に出せない憎しみの徐々に蓄積されたものが常に大きなエネルギーとなって内蔵されているので、いざ面と向った場合は、意識への流出がよりいっそう激しいため、決定的で極端な悪罵が凄《すご》い速さで意識内を駈《か》けめぐるのだ。

町はそういったことを授業ではすでに教えられていたが、これほどまでに激しいものとは思ってもいなかった。

今までは、悪口にしても、テレパシイのやりとりですぐ簡単にいい返すことができたから、心にわだかまりもできず、自尊心が傷ついたり、負担を感じることもあまりなかったのだが、この相手から受けるものは、ただ一方的で露骨な罵倒と恨みだけなのである。

その意味では町は純粋だった。精神的な汚れは少なかった。それだけに傷つき易《やす》く、ここ二、三秒のうちにつぎつぎに投げつけられたどす黒い憎悪は、彼にはひどくこたえた。憎悪を本気で受けとり、それに腹をたてることは、健康にも精神衛生的にも非常に悪く、ことにエリートの場合は、それがある場合に致命的な精神的外傷にさえなることを町は知っていたが、事務引継を完全にするには局長の意識を受容しなければならなかったし、そうしようとすれば必然的に彼の執拗《しつよう》な憎悪がなだれこんできた。

町は苦しく微笑した。時計を見た。

「あなたとの事務交代時間は十六時三十分です。事務引継の時間的余裕は一時間と少ししかありません。どうぞよろしくお願いします」

「わかりました、迅速にすませましょう」（ふふん、わざと事務的な態度で来ようってわけだな？　教えてほしいかね？　だがそう簡単に何もかも教えてやるわけにはいかんぞわしが三十五年かかって体得した仕事なんだそれを一時間くらいで知ってしまおうたってそうはいかん俺がここまでくるのにどれだけ苦労したと思うんだ俺の家は貧乏だった親父はD級肉体労働者だった俺は学校も満足に出ていない俺の容貌は醜《みにく》いだが俺は金が欲しかった！　美しい女を抱きたかった！　下役を使いいばりちらしたかった！　秘書を怒鳴りつけたかった！　俺がいつも怒鳴りつけられていたからだ！　たくさんの人間の上に立ち、そいつらを顎で使いたかった！　本当に……心から……そうしたくて仕方がなかったんだ！　そうなるためにはどんなた同僚に捨てられた同僚ことでもするつもりだったし又実際にしてきた！　何度も好きな女には捨てられた卑怯《ひきよう》者と軽蔑《けいべつ》された上役に媚《こ》びた同僚に笑われながらおべっかを使いつづけた同僚を蹴落《けおと》した告げ口をしたスパイの真似をした陰で悪辣《あくらつ》な工作をした贈賄をした恥かしいめにも会った便所の中で泣いたそしてやっと二カ月前にこの地位にありついたんだ三十五年かかってやっとA級精神労働者になれたんだ！　どうして何の苦労もしていないお前なんかにこの仕事を譲らなきゃならないんだお前は俺がハイ左様でございますかと快くお前なんかに事務引継をすると思ってるのか？　お坊っちゃんめ！　のっぺりした色男め！　女みたいな顔をしたふにゃふにゃの二枚目め！　そりゃお前はたしかに人より優れた能力は持ってるだろう理屈だって俺より上手にこねまわすだろう何しろエリート様だものなだがなあ俺はお前には仕事は教えてやらないぜ俺がお前に教えてやらなけりゃお前がいくら頭がよくても何もできないだろうどうだ俺に頭を下げてお願いしますといってみろ這《は》いつくばってお教えを乞《こ》えお前なんかお世辞の使い方も知らないだろうどんなものだ世の中ってものは学問や能力だけじゃだめなんだってことをいやというほどわからせてやるんだそりゃ形式上の事務引継はしてやるさだが内容の説明なんかはしてやらないよお前はエリートだ

から何とか俺の意識から仕事に関する知識を得ようとするだろうが俺はそれをあらゆる方法でせいいっぱい邪魔してやる！　邪魔してやる！　意地悪をしてやる！）

ヒステリックな罵倒に、町は胸が悪くなった。エリートは普通人の意識に対して、反撥《はんぱつ》や抗議はできないのだ。局長は、それを知っての上で町を罵倒しているのだ。町は、これがはっきりした挑戦であるとは思ったが、これほど卑劣で、しかも激しい攻撃にあったことがなかったので、どんな言動をとるべきかに迷った。

しかしもう、すでに町の思考意識は、はじめて受けた外傷のために一部がボロボロになっていた。頭痛がした。受容意識も鈍くなりつつあった。町は局長に憎しみを感じた。だが態度には出さなかった。それとなく口に出して注意してやることはできる。だがそれは、町はしたくなかった。余計に彼の憎しみを買うことになるだろう。言葉で咎《とが》めて、ますます激しいお返しを貰えば、もっといやな気持になることはわかっている。そんなことよりも、町の気持としては、人を咎めたりしたあとの自己嫌悪がたまらなかったのだ。

町はふたたび微笑した。

「では、書類の処理について、まずお教え願えますか？」

「いいでしょう。こちらへどうぞ」

局長はデスクの方へのろのろと歩いた。町もそれにつづいた。

（ふふん、あくまで紳士的に来るんだな？　よろしいよく我慢をしたまあそれがインテリのいいところなんだろうなしかしわしはそうは思ってやらないよ残念ながらね意気地なしなんだそういうのは男じゃないんだ女々しいんだそして優越感なんだ汚ならしいエリート意識なんだ無視したけりゃ無視しろ今に無視できないようにしてやるぞそりゃあわしらは下品だろうさ生れが生れ育ちが育ちなんだからないつまでもそんな眼つきで見ていろ今にギャアギャアいわせてやるぞ）

局長は整理棚からファイルを出してデスクに置き、その一冊をとりあげた。

「これは地区別管理明細の一部で、基本設備資金の消費グラフ及び償却簿です」

それだけだった。そしてすぐ、次のファイルをとりあげた。

「待って下さい」

町はあわてて局長を制した。

「それはそれぞれのファイルの背表紙に書かれていますから、見ればわかります。私が教えていただきたいのは、その書類が局へ廻送《かいそう》されてきたときの処理の仕方、通達の方法、連絡の書式、内容の判定についてなんです」

局長は赤く濁った眼で、しばらく町の顔を見つめた。鼻毛が黒かった。狐のように眼尻《めじり》をあげて、満面に笑みを浮べていた。

「そんなことは……」

ことさらに、意外だという調子を強く匂わせて、局長はねちっこく言った。

「内容をお読みになれば全部おわかりになると思うんですがねえ？　何しろあなたは、最高の教育を受けておられるんですからね、わたしなんかと違って。それに……」

局長は顔をぐっと町に近づけた。酸いような匂いが町の鼻をついた。

「あなたは、テレパシイの能力をお持ちなんでしょう？　じゃあ、わたしがご説明するまでもなく、あなたはわたしの頭の中をご覧になっておわかりになると思うんですがね」

町はあきれて局長の顔を見た。エリートなら、こんなことを恥かしげもなく口にするようなことは絶対にない。こんなわかりきったいやがらせを、ぬけぬけと口にして、自分が恥かしくないのだろうか？　エリートなら、こんな意地悪をすれば、自己嫌悪に陥って自殺するだろう。

（ふん、何をしげしげと俺の顔を見てるんだね？　何だその顔は？　そうかい、あきれたかい？　だめだだめだいくらそんな顔をしてみせたって俺は反省なんかしてやらないよ自分に恥じてなんかいないんだからなどうだい参ったかい俺の教養のなさに驚いたろう俺の道徳性の欠如にあきれたろう厭《いや》になったろうだけどだからといって逃げ出すこともできないだろう俺を無視することもできないだろうどうだい怒るかね？　怒ってみろよさあ何とかいってみろよどういうんだね次は？）

町は頭痛を押さえて、仕方なく言った。

「続けて下さい」

「では、次は技能評価基準案の各課別試験簿の控えです。それからこれは労働環境改良計画に伴う地下交通路線予備調査の地区別一覧……」

デスクの上には、次々に整理棚から出されたファイルが、次第に積み重ねられた。町は受容部位をフルに働かせて、局長の意識から、これらの書類の内容を読みとろうとした。しかし感応されたものは、すべて悪罵だった。その為に町の意識の力は次第に弱まっていった。逆に局長の、いやがらせをしてやろうという意識はますます強くなった。

（どうだ俺の考えが読めるかね？　仕事に関しては何ひとつわからんだろう？　だけど貴様はエリートとしてのプライドだけはいっぱし持ってるから俺に教えてくれと頼むわけにはいくまい？　もしそんなことをしたら俺は貴様を嘲《あざけ》り笑ってやるぞ嘲られても笑われても俺に頭を下げて頼む根性が貴様にあるかね？　ないだろうだから貴様は苦労知らずのお坊っちゃんだっていうんだ世間知らずの若僧だっていうんだそんな奴が局長になんてなれるものか満足に仕事ができるものか貴様を失脚させてやるんだ身にしみたか二枚目の生っ白い奴め仕事がわからなくて何もかも無茶苦茶になるぞあちこちからどっと苦情がくるぞ貴様そうなればどうやって言いわけする？　俺の意識が読めませんでしたっていうのか？　そんなことをいってみろたちまちエリート失格だぞさあ泣き出せ喚《わめ》け地だんだふんで口惜しがれ床に這いつくばれ貴様のその白い端正な顔を醜く歪《ゆが》めて泣きわめけ俺は貴様の高慢ちきなその恰《かっ》好《こう》のいい鼻を折っぺしょってやりたいんだ生皮をズルズルとひんめくってやりたいんだ俺は何不自由なく育って何の苦労もなくしかも前途洋々だなんて奴を見ると腹の中へ手を突っこんでその内臓をぐじゃぐじゃに引っかきまわしてズルズルと引っ

ぱり出してやりたくなるんだ)

町はすでに、気を失う一歩手前だった。思考意識が働かなくなっていたので、局長の意識の流れを完全に認識することはできなくなっていた。そしてただ強い邪悪な感情だけが町の受容意識を責めつけていて、それが激しく精神の機能を破壊した。

エリートの精神装置が普通人のそれと違うところは、意識が受容部位と思考部位に分れている点である。そしてこの両者は互いに密接に作用しあっているため、一方が外傷を受けた場合でも、他方の機能の一部を損じる結果になる。

町は意識を強化するため、非常手段として上位自我の緊張を緩め、前意識的なものが意識へ流入する量を増大させた。さらに、被抑圧的であった無意識およびエスの一部をさえ解放した。普通人の上位自我は大部分意識内にあり、前意識自体がすでに被抑圧的であるから、このような手段をとることは不可能なのだが、エリートは訓練により、ある程度精神装置の各部位の機能を制御することができるのだ。

ところが、それほどまでにして局長の意識を探っても、書類の内容の説明らしいものは片鱗《へんりん》さえ見あたらず、無理に底流を探ろうとすると、ますますわけのわからない、混乱した、そしてどろどろに鬱積《うっせき》されたものが出てくるのだった。

（血の池の中にどろどろの池の中に顔の皮剝《は》げ落ちたこいつの顔の皮泥沼の水は血泥沼の底はどろどろの内臓腐敗して腐敗して腐敗してそしてこいつの内臓ぐじゃぐじゃの内臓収賄と贈賄のカンヅメ罐詰《かんづめ》その罐詰の空罐《あきかん》が沼の底にころがって積みあがってころがってビール瓶《びん》の空のビール瓶もころがって贈賄のビール瓶それから貝殻虫のいる貝殻その貝殻のかけら散らばって散らばってこいつの死体泥の中に立っているこいつの死体ゆらゆらゆらゆら揺れて揺れてぽっかり開いた口その口の中へ血の中の魚が肉を喰う魚が出たり入ったりしてぽっかり開いた眼うつろな眼その眼のまわりの肉が腐敗して眼球がぽろりと落ちて沼の底へ落ちて眼球だけが底で水面を睨《にら》んで見あげて睨んで女を睨んで……女は道代俺の女凄い女金で買えた女俺が生れてはじめて金で買った女俺を嫌わなかったただ一人の女肉体白い肉体俺を好いている女それ以上に俺の金と地位の好きな女A級精神労働者それを俺から取りあげようとしているこいつ俺から道代を取りあげるこいつ道代と寝るこいつ道代サーモンピンクの口紅黒いツーピース黒い肌着髪をといて首飾りをはずしてツーピースを脱いで肌着も脱いで脱いでみんな脱いで脱いで）

女を次第に裸にしながら、局長はデスクへファイルを積みあげていった。

「これが局内機構改革案のコピーと申請者の控え。これが……」

（生っ白い奴め生っ白い奴めその顔の皮を剝いでむしりとってボロボロにして道代燃える女火花まっ昼間のA級居住区の独身者アパートのベッド栗色の毛布汗汗汗汗どろどろの内臓腐敗して腐敗して俺は舐《な》める汗を札束を疲れきった女の素足をそしてせいいっぱいの溜息《ためいき》それから黒い胃袋その中の虫そして貝殻泣きわめけ俺に頼め地面を這って転げまわれドロドロになれ若さそしてその悪徳もっと傷つくのだ苦しめ苦しむのだ俺に頭を下げろもっと下げろ俺の萎縮《いしゅく》した陰茎に頭を下げろヒヨコだ努力と経験の無視だ悪法だ特権意識D級肉体労働者の生活悪辣な工作便所の中ふにゃふにゃの奴お世辞の使い方も知らないだろうエリート優越感生れが生れ育ちが育ちはいお坊っちゃまその通りまったく仰せの通りでございますとも厭がらせ老人の偏見嫉妬《しっと》よくご存じでこれはねえでもあなたの為を思えばこそ厭がらせをして差しあげますのでございますよ苦しみが足りませんとねえ世の中というものはねえ若憎め子供め喚かせてやるその鼻をポキリと折って石膏《せっこう》細工の鼻をポキリと折って前途洋々の鼻白い鼻堅い鼻精液に浸った鼻冷たい鼻踏んで蹴《け》って潰《つぶ》してドロリと青い液体噴出飛沫ビール瓶空っぽのビール瓶　嘲笑《ちょうしょう》　百万人の嘲笑俺に俺の頭に俺の顔に

嘲笑俺の行為に俺の身体に俺の陰茎に俺と道代の性行為に嘲笑百万の嘲笑ゲラゲラゲラゲラゲラゲラケタケタケタケタケタケタキッキッキッキッ崩れろ崩れ去れ世界の進歩も突然変異もあらゆる進化も年代の差も老人俺は老人じゃない若いまだ若いこいつは若い若い奴を殺せ老人の世界にしろ叩《たた》き潰せ内臓腕をねじあげろエリートを無視しろこいつとこいつの女を素っ裸にして抱きあわせたまま縄でぐるぐる巻きにして自動車から大通りのまん中へ放り出して石油をぶっかけて火をつけて気持がいいぞ皆喜ぶぞエリートを憎めみんなもっと憎めこいつらは革命を起すぞ殺せみんな殺せエリートを殺せ)

「そしてこれが、局内機構改革案の配布先一覧と、各項目別の反響指数表です。さて、引継ぎすべき書類はこれで全部です」

局長は最後のファイルを音をたてて閉じると、机の上に山積みされた書類の頂きに、おどけた様子でそっと置いた。それはまるで積木をしている子供が最後のひとつをお城の頂きへ置くように、ことさらに慎重に置かれた。書類の山が崩れそうにないのをしばらく観察して確かめてから、局長はぐいと左手を前にのばし、腕時計を鼻先へ持ってきて覗《のぞ》いた。そして決然としてうなずいた。

「ちょうど十六時ですな。まだ三十分ありますが、これ以上お教えすることもありませんから、私はこれで失礼しようと思います」

有無をいわせぬいい方で、局長は町の顔を見据えた。眼が血走っていた。町が何か言えば、言い返してやろうと待ちかまえていた。それを町は知っていたし、町がそれを知っているということも局長は知っていた。だから町は何もいえなかった。二人はしばらく、黙ってお互いの顔を見つめあっていた。

ここで局長が行ってしまえば、それっきりになり、事務引継は何ひとつ完全に行われなかったことになってしまう。

町は一瞬、局長が考えていた通り、何もかも捨てて床へひざまずき、詳しく教えてくれと頼もうかとさえ思った。だが、たとえそうしても、局長は彼を嘲笑するだけで、何も教えてくれないことは、はっきりとわかっていた。

突然、町は気がついたのだ。これは局長がはじめからたくらんでいたことだ！　彼は、あらかじめせいいっぱい町を憎む気持を養っておき、事務引継を行っている際には、仕事の内容が一瞬といえども顔を出さないように、意識をコントロールしたのだ！　町への憎しみで意識をいっぱいにし、当然町が知りたがるような仕事の詳細が意識へ出る余地をなくしてしまったのだ！　つまり最初から町に仕事を教えてやるまいとして、いろいろ考えた末、この効果的で悪辣な手段をひねり出したのだ！　底意地の悪いいやがらせの、更にその底流には、煮つまったまっ黒な悪意が、否、ほとんど死にものぐるいの殺意が潜んでいたのだ！　そのエネルギーの強さに驚きあきれて茫然《ぼうぜん》と立ちすくむ町の頭に、局長の勝利の叫びが響きわたった。

（死ね死ね死ね死ねワァァァアアア！）

町はこころもち頭をさげた。それから上眼づかいに書類の山を見た。机の端に両手の指さきを置いて、小さく嘆息した。

「ありがとう、ございました」

そして、もう一度嘆息した。肩が下がった。微笑していた。

局長は一歩退いて、頭を下げた。

「じゃ、私はこれで」

笑った。

町も笑って一礼した。

局長はドアに向って歩いた。その靴のかかとは高かった。ドアの把手《とって》に手をかけた。

「ああ、ちょっと……」

町は背後から声をかけた。

局長はゆっくりと振り向いた。眼をしばたたいて町を見た。

「ここには……」

町はかすれた声で訊《たず》ねた。

「タイピストは、いないんですか？」

局長はしばらく黙っていた。それから眉を少しあげた。

「ここには……」

彼は肩をすくめて答えた。

「タイピストは、いないんですよ」

そして、不思議そうな顔で町を見た。

「そうですか」

町は自分の指先を見た。両手の指先を見比べながら言った。

「タイピストは、いないんですか」

そして椅子に腰をおろした。

局長は出て行った。

部屋の中は静かになった。物音は何ひとつしなかった。

町は眼をあげて、書類の山を見た。

顔に血の気のないことが、自分でもわかった。

指先を見た。それからもう一度書類を見た。

机に置いた両手の上に、彼は頭を下げて額をのせた。しばらく、そのままじっとしていた。

やがて泣き出した。

睡魔のいる夏

工場を出たときは、まだ暑かった。

雲はなく、ウルトラマリンの空が澄んでいて翡翠《ひすい》の眼をしていた。

電話の昼の終り、ビールの昼の始りだ。

退勤時刻の四時半を二分過ぎていた。日が暮れるまでには、まだ、だいぶあった。

芝生の前庭の小径《こみち》を抜け、警備員詰所から笑いかけられて手を振り、通用門を出た。

隣りと向いの軍需工場の、それぞれの通用門からも職員たちが大通りへ出てきていた。みな清潔な身なりで軽そうに、日焼けした顔を向けあって笑っていた。家庭へ急ぐものと、広場の横のビヤホールへ向うものとの二組に分れていた。

「部長、お帰り?」

工場長が肩を並べた。二つ年上で二インチ背が高い。私はシャツ姿だったが、彼はブルー縞《じま》の背広をスマートに着こなしていた。

私は首を横に振った。そしてビヤホールの方を指した。彼は笑った。白い歯が涼しく感じられた。

「中ジョッキ一杯だけ、つきあわせてもらいましょうか」

「僕も、そのつもりだ」

大通りにはついさっき水が撒《ま》かれたばかりで、アスファルトが光っていた。空気は綺麗《きれい》に澄んでいた。十年前から煙突はなくなっていた。どこの工場でも空気浄化装置が取りつけられ、煙は輻射《ふくしや》エネルギーの場を通されて焼きつくされていた。

ポプラ並木の歩道は広く、そのために通行人の数は実際よりもずっと少なく見えた。

遠くでビヤホールの紺と白のビーチテントの先端の垂れた部分が風に波うっていた。まねいていた。

前を歩いていく女子職員の白く薄いスカートをまくりあげたのと同じ風が、私のネクタイの端を右肩に追いやった。

「何でしょう?」

工場長が空を指した。そこには濃紺のインクに白い絵具を一滴落したような形で、煙がぽっかりと浮んでいた。

「花火でも打ちあげたんだろう」

ビヤホールはわりあいに空いていた。

私たちは、中央に噴水のある広場に突き出たポーチへ出て、手すりの横の席に向いあって掛けた。ビールは冷えていて、ひと息に少ししか飲めなかった。それでも少し歯が浮いて涙が出た。工場長を見ると彼も涙を出していた。私の顔を見て笑った。彼は真顔でいるときも、いつも眼の中に笑いを浮べていた。いろいろなことにぶつかった筈《はず》なのに、彼はいつもその笑いを消さなかった。こんな男はめったにいるものじゃなかった。友だちだ。

私は汗を拭《ぬぐ》った。たいして疲れてもいないのに眠気がしてきた。風が頬にあたって心地よかった。噴水で日光が躍っていた。

昼はまだ続いていた。琥珀《こはく》の眼をした夜がこの広場を濃紺の絹で包みこむまで、まだ三時間以上もあるのだ。でも眠かった。工場長も同様らしかった。

「眠いね」

「そうですね」

笑った。

少し早いめに中ジョッキをあけて立ちあがり、私たちはポーチの階段を広場へおりた。階段で、白いスーツを着た女性とすれ違ったとき、手の甲が私の腕に触れた。その冷たさに驚いた。

あたりは静かになっていた。

ビーチ天幕の陰の、日あたりすれすれに置かれたデッキチェアーで、白く鼻下髭《ひげ》をたくわえた老紳士が居眠りしていた。私はその顔色の蒼《あお》さを見て立ちどまり、工場長の肩をつかんだ。工場長は老人を見てその傍に歩み寄り、腕をとった。眉《まゆ》をひそめ、私を見て、ゆっくりと低い声でいった。

「……死んでます」

私たちは、あたりを見まわした。皆、眠そうにのろのろと動いていた。テーブルにいる連中の半数は、ぐったりとなって寝ていた。

私は自分の脈を調べた。乱調子で頼りなく、しかも非常にゆっくりと打っていた。

「ああ、あれは花火なんかじゃなかった」私は叫んだ。「あれは、新型の爆弾だったんだ」

工場長と顔を見あわせた。彼の眼はもう笑ってはいなかった。

「どこのでしょう?」

「さあ……」

「国防省へ電話しましょうか?」

私は、もうそんなことはどうでもいいと思った。ただ貧血気味で気だるく、何でもいいから残りの時間を静かに過したかった。私は、軍隊が動き出せばもっと多くの人間が死ぬかもしれないぞと考えることで、自分を納得させようとした。

「君はすぐ、家へ帰りたまえ」

彼も私同様、新婚だった。

「あなたは?」

「僕はいい。家が遠いから、とても帰るまで持ちゃしないさ」

「でも……」

彼は何かいいたそうにして私を見つめた。それから俯向《うつむ》いた。しばらく俯向いていて、また顔をあげ、私を見つめながら手を出した。

「じゃ……」

広場の西の端で、私たちは握手をした。

私は、私の影がのびている方向へ歩いていく彼の広い肩を見送った。彼は地下走路の入口のある方へ、広場を横切っていった。陽光にきらめく噴水のしぶきの中で虹《にじ》が生れていた。彼は噴水の横で立ちどまり、私を一度ふり返った。私はうなずいた。彼の姿はしぶきの彼方《かなた》へ消えた。

私はテラスにそって歩き出した。とても眠たかった。

もう、夜にはお眼にかかれまい。明日はやはり、ピンクの眼をした乳色の朝がくるだろう。しかしその朝は、歯みがき粉の匂いのする朝でもなく、コーヒーのある朝でもないのだ。単に朝なのだ。誰も起きてこない、そして誰もこの広場に水撒きをしない朝なのだ。妻はどうしているだろう。もう、寝ただろうか?

私には、覚悟ができている筈だった。戦争が始まれば、軍需工場地帯であるこの町がどこよりも先に攻撃されるということは、ずっと前からわかっていたことだった。

また、涼しい風が吹いてきた。

鉢植の大きなシュロの傍にある、ジュースの自動販売機の前に、七、八歳の少女が立っていた。指をくわえて、ゆっくりと頭を左右に振っていた。私が傍へ行くと、親指をくわえたまま私の顔を上眼で見た。お下げ髪で、白いブラウスを着ていた。スカートはブルーの水玉だった。私は、妻の小さい時は、ちょうどこんなだったかもしれないと思った。

「ジュースが飲みたいの？」

彼女はうなずいた。小さな声を出した。

「のどが、かわいてるの」

私は硬貨を二枚、穴に入れた。彼女は緑色のジュースを紙コップに受けて飲んだ。白いノドが小さく動いて、ひと息に飲んでしまった。それからほっと息をつくと、安心したように自動販売機にもたれかかった。販売機の表面は冷たく、一面に水玉がくっついていた。その赤く塗った鉄板に、彼女は白い額を押しあてた。クスクスと笑った。眠いのが、おかしくてたまらない様子だった。額に少し汗をかいていた。やがてゆっくりと、地面にくずれるように倒れた。私は彼女を抱いてテラスへあがり、空いたデッキチェアーに寝かせた。もう、冷たくなってしまっていた。

すでに人かげは、あまりなかった。広場では二、三人がゆっくり歩いていた。四人掛けのテーブルに、たいてい一人か二人が寝こんでいた。もう、死んでいるのに違いなかった。

まだ、日は照りつけていた。

ビヤホールの中へ入って、カウンターの横から家へ電話した。誰も出なかった。裏口から、ビヤホールの裏庭へ出て、熱帯樹の間を抜けると、白く塗装した木造の家があった。戸が開いていたので中へ入ると、血色のいい、白い頰髭をはやした老人が、部屋の中央のテーブルでビールを飲んでいた。窓は全部開け放しになっているのに、クーラーがつけ放され、よく利いていた。

老人は、何もかも知っているような眼をしていた。その温和な眼で私を見て、やさしく訊《たず》ねた。

「外は暑くありませんか？」

「暑いです。ここは涼しいですね」

「ここにいればいいですよ」

「お邪魔じゃありませんか？」

「ビールを飲みますか？」

「いや、結構です」

部屋の隅にはダブルベッドが置かれていた。

「家内がちょうど、郷里へ帰ってるんです」

「あなたが、ビヤホールのご主人ですか？」

「そうです。ほんとうに、ビールは飲みませんか？」

「ええ、いりません」

「それじゃ、寝たらどうですか？　とても眠たそうですよ」

老人はベッドを指した。

「いいんですか？」

「いいですとも、その、壁に近い側がいいでしょう。私もすぐ寝ます」

「そうですか」

私は、もうそれ以上起きていられないほど眠かった。ベッドに近づいた。靴を脱いで、ベッドの傍へきちんと揃《そろ》えた。老人はまだ窓外を見ながらビールを飲んでいた。

「何人死ぬのかな。知りたいな」そう呟《つぶや》いた。

私は毛布の上に横になった。寝たままでネクタイをとり、ワイシャツの一番上のボタンをはずした。

「何人死ぬのかな」

そういって老人は立ちあがり、こちらへやってきた。

「暑くありませんか？」

「それほど暑くありません」

「暑ければ、窓を閉めると冷房がききますが」

「いえいえ、このままの方が結構です」

老人はワイシャツを脱いだ。そして私の横に並んで寝た。

「このベッドはね、身体を横にして寝たほうが楽なんですよ」

私は壁の方を向いた。なるほど、ずっと楽なように思えた。老人は向うを向いた。

「何人死ぬのかな」と呟いてから「じゃ、おやすみなさい」といった。

「おやすみなさい」

すぐに老人は、健康そうな規則正しい寝息をつきはじめた。

私も眼を閉じた。

次第に薄れていく意識の中で、私は妻のことを考えた。しばらく考えてから、死んだ母親のことを、少しだけ考えた。そしてまた妻のことを考えた。

それから眠りに落ちた。

「ケンタウルスの殺人」解決篇

クラクラ氏は、十時にロビーで支配人に会ったと証言したが、その時間、支配人は事務室にいた筈《はず》である。この矛盾は、クラクラ氏がオリオン星人であることから起ったもので、彼の両腕は鋏《はさみ》になっている——つまり二本指であるため、彼は時間を四進法で数え、四時のできごとを十時に起ったと証言したのだ。つまりオリオン星人には、4という数字の概念はないのだ。したがって、クラクラ氏がリュウ氏の部屋に入るのを見たオデンさんは、支配人も見た、事件以前にやってきた時のオデンさんである。

さて、真空乾燥機が作動している間、人間はその部屋に入れない。入ろうと思えばいったんスイッチを切ってから入らなければならない。ところが地下室のメーターは四号室の乾燥機が六時間——つまり五時以来ずっと作動し続けだったことを示している。真空の部屋へ入って行ってダイヤを盗める者は人間ではないことになる。では異星人のクラクラ氏はどうかというと、この人は警察の取調室で「この星、空気が薄い」といって息苦しさを訴えているくらいだから、尚更《なおさら》駄目だ。真空の部屋へ平気で入って行けるのはロボットだけである。犯人はロボットR－12号である。

あとがき半分・解説半分

もう十数年も前のことだが、大阪に「団地ジャーナル」という新聞があり、ぼくと小松左京と眉村卓の三人が交代でこれにショート・ショートを書いていた。約一年続き、「団地ジャーナル」は潰《つぶ》れてしまった。掲載紙はどこかへなくしてしまい、だいたいそんなものを書いたことさえ忘れかけていたのだが、集英社の田中捷義氏がこのことを知り、苦労して掲載紙をどこかから見つけてきた。よくそんな新聞を保存している人があったものだと感心する。そのショート・ショートが本書に収録した「スパイ」「妄想因子」「怪段」「陸族館」「給水塔の幽霊」である。

これを中心にして短篇集を出そう、と田中氏は言ったが、他には短篇などない筈《はず》だ、と、ぼくは答えた。ところが田中氏は次つぎと、ぼくの単行本未収録の短篇を見つけ出してきた。

たとえば十年ほど前、「朝日新聞」の土曜クラブという欄に星新一、小松左京、結城昌治、笹沢左保、それにぼくの五人で交代して書いたショート・ショートのうち、なぜか単行本に入っていないものがあった。「消失」「鏡よ鏡」「いいえ」「法外な税金」「女の年齢」がそれだ。

「家庭全科」という婦人雑誌に、各国の高級商品をカラー写真にしたグラビア頁があり、その商品のタイコモチ的散文を毎月連載したことがある。そんな仕事、今なら当然ことわっているところだが、ちょうど八、九年前、否応なしに何でもやらされた時期であった。そんなものまで、田中氏は見つけてきた。「フォーク・シンガー」「アル中の嘆き」「電話魔」「みすていく・ざ・あどれす」「タイム・カメラ」「体臭」がそれである。

これらの作品のうち、自信作は「給水塔の幽霊」「鏡よ鏡」などでたいへん少く、単行本にするには枚数も不足、しぶっていたのだが田中氏の攻勢は急である。しかたなく、いろいろな事情で単行本に収録していなかった短篇も加えることにした。「あるいは酒でいっぱいの海」は十一年前に「高二コース」に発表したものだが、その後掲載誌を紛失。やっと最近発見してくれた人がいて、「奇想天外」誌に書きなおして発表したもの。

「ケンタウルスの殺人」は「漫画読本」に犯人当て小説として十二年前書いたものだが、ご覧のように解決篇が別になっている体裁なので、本に収録しなかったのである。

「トンネル現象」は十数年前「科学朝日」に、「九十年安保の全学連」は十年ほど前「週刊朝日」に、「代用女房始末」もその頃「週刊読売」に、それぞれ書いたものだが、同じアイディアで短篇を書いたり、漫画化したりしたため、本には入れなかった作品。

こういったものを収録してもまだ本にするには枚数不足。しかたなく、同人雑誌時代の未熟な習作も加えることにした。このあたりの作品がいちばん恥かしいわけで、読み返しても顔が赤くなる。「ヌル」に発表した「タイム・マシン」「脱ぐ」「二元論の家」「無限効果」「底流」「睡魔のいる夏」の六篇である。このうち自信があるのは「睡魔のいる夏」くらいのもので、あとはお笑い草。お笑い草の本を買わされたと怒る読者がいた場合は、この本を拙宅までお持ちいただきたい。定価で買わせていただきます。

旧作ばかりでは不本意なので、最近作も含めることにした。ここ数年ショート・ショートが書けなくなり、滅多に発表しないのだが、たまたま三つほどアイディアが出たので、「週刊小説」に一挙掲載してもらった。「善猫メダル」「逆流」「前世」がそれである。

「なんだ。昔の作品の方がずっといいじゃないか」という読者がいれば、それはそれでまた幸いである。

昭和五十二年十月

著　者

集英社文庫版解説

山野浩一

本書は筒井康隆の処女作ともいえるような「タイム・マシン」「脱ぐ」などの作品から、'76年に発表された「逆流」「善猫メダル」「前世」といったショート・ショートまで、およそ十五年間の短篇を集めた異色作品集である。その間の数多くの短篇集に収録しなかったところをみると、作者自身はさほど気に入っていない作品群というべきかもしれない。

一般に本を買おうとする読者は書店で「あとがき」を読んでどういう内容か見当をつける場合が多いので、ここで本書に〝残りものの寄せ集め〟であるような印象を与えるのは好ましくないとも思うのだが、少くともいま評判の筒井康隆という人の作品を一つ読んでみてやろうというような読者には本書よりも、同じ集英社文庫の「馬は土曜に蒼ざめる」「国境線は遠かった」の二冊をおすすめしておくのが本筋だろうと思う。

しかし、この二冊や「メタモルフォセス群島」「ウィークエンド・シャッフル」といった作品群で、すでに筒井康隆の魅力にとらえられてしまっている読者にとって、本書は決して素通りできる作品集ではない。むしろあえて〝残りものの寄せ集め〟と認識していただいて、だからこそ必読書ですとおすすめしたいのである。

例えば、あれだけ不快な作品を数多く書いてきた筒井康隆が、自分自身で快く思っていない作品とはどういうものか、おそらく大部分の筒井ファンにとって大いに興味あるところだろう。また、あれだけ痛快な作品を数多く書いてきた筒井康隆が、今まで隠してきた作品にどういうものがあるのか、これもおそらく大部分の筒井ファンにとって大いに興味あるところだろう。

ところが本書を読むとそういうセンセーショナルな期待を全く裏切って、大部分の筒井作品とさほど変らない読後感が与えられるのではないかと思う。十五年間に書かれたものという時間感覚も僅かな文体の変化と、小説の背景となった状況に少しばかりとらえ得る程度で、全てが最近作とだまされてもすぐに疑えるようなものではない。内容的にも本書を全て最近作として読んで、充分筒井ファンが満足できるものだろう。

そして、筒井作品をより深く読みこもうという読者や筒井康隆という作家について研究しようという読者にはもっと重要なものを提供してくれる作品集である。本書には筒井康隆のオリジンがある——と思う。

本書の「タイム・マシン」から「睡魔のいる夏」までの比較的長い作品群が『NULL』に発表された初期作品で、いずれも堂々たる力作である。特に「睡魔のいる夏」は筒井作品としても傑作に属するものだろう。〝新しい波〟以後、T・M・ディッシュなどの作品にこの種の終末感をとらえたものは少なくなく、直接的な終末の原因を追求するよりも、内的な終末をとらえるものがむしろ最近のSFの主流とすらなってきているが、筒井のこの作品が書かれた'62年にはまだ〝新しい波〟などというものが始っていなかったし、バラードの「時の声」すら紹介されていなかった。従ってこうした発想そのものがすでに十年も先行していた（そのために十年ぐらいは受け入れられることはなかった）といえるが、より重要なのはそんな発想によって筒井が独自にとらえようとしていたものである。一種けだるい充足感の中で主人公が認識しようとしているのは人類の終末なのか、個人としての死なのか——個人の死が訪れる時に人類などはどうだっていいという極めて単純な個人主義は誰もが持っているものだろうが、生きている間に人間が他者への関心を簡単に断ち切れるものではない。そしてこの物語の主人公は終末に直面しても工場長と日常的な会話をし、少女や老人に精いっぱいの愛情を示して妻のことを考えながら眠っていく。新型爆弾や世界の終末については何も語られず、それでいて主人公の死に個人の死以上の何かがとらえられており、そこには生の中ではとらえ切れない個人の意識と人間文明との遠い距離や、人が他人を認識することでいかに自分を考えるかといった極めて自然な一労働者の思考を通じて示される世界観がみられる。この作品を発展させたものとして、のちの傑作「佇《たたず》むひと」を読むことができるだろう。「佇むひと」に関しては私と作者との間で少々論争めいたものがあり、誤解をまねくかもしれないが、筒井自身『山野浩一はぼくに過大な期待をかけすぎているんだ』と述べているように、私のこの作品への評価も一つの到達点に対するものであった。「佇むひと」は〝新しい波〟ののちの作品であるが、数多くの新しいSF作品にも全く同種の作品がみあたらないほど独創的なイマジネーションが展開され、いかにも表現の難かしい感性ながら「睡魔のいる夏」に似た倦怠《けんたい》感と、どこか遠くへ忘れ去ってきたような生への執着としての愛情とが奇妙な複合をみせた作品である。いま二つの作品を読み較《くら》べてみると「睡魔のいる夏」には「佇むひと」のような読者を圧倒するイマジネーションはないが、「佇むひと」のような完成品にはみられない新鮮さがあって、私の個人的な読後感ではこの二つの作品が筒井作品として同じぐらいの傑作と思えるのである。

「タイム・マシン」「脱ぐ」「二元論の家」「無限効果」「底流」の五篇も、それぞれ筒井康隆ののちの作品の重要なベースとなっているようだ。筒井がこれらの作品を長い間短篇集に入れなかった理由も、同様の手法やアイデアで更に優れた作品を書いてしまっているからだろうと思われる。因《ちな》みに例をあげると「タイム・マシン」→「ビタミン」、「無限効果」→「トラブル」、「底流」→「毟《むし》りあい」といった具合で、読者諸兄は更に多くの作品をこれらに関連づけることができるはずだ。そして、これらの作品が全て筒井の同人誌時代に書かれていたことは驚異に値するものだ。将来は筒井文学なるものを理解する上で重要な鍵《かぎ》となる作品集というべきかもしれないが、まあいまのところは筒井文学などという いい方は筒井康隆の読者にとって快いものではないだろう。

ともかく筒井は今日までの大部分の作品を生み出す下地をこうした『NULL』時代に築いており、その後の筒井作品は様々な方向に快適な独走を続けたために全体像がとらえ難くなっているものの、これら初期作品には一貫したオリジンがうかがえるように思うのである。

これら初期作品以外のショート・ショート群も不思議に筒井康隆らしい味わいを発揮している。よくできたショート・ショートという点では「給水塔の幽霊」あたりが本命かもしれないが、「善猫メダル」のような不快な作品は筒井ならではのものだろう。同様のアイデアの作品がないわけではないが、あえて猫や犬を扱って不快感を高めている手法はいかにも筒井康隆らしい。「あるいは酒でいっぱいの海」の結末は二日酔の時に読めば最も不快であろう。ついでに解説らしいことを書いておくと、この作品の表題はエイブラム・デイヴィッドスンの「あるいは牡蠣《かき》でいっぱいの海」という作品のパロデイで、牡蠣が生み出す子孫が全て成長していけばたちまち海を埋めてしまうという仮説によるものである。「鏡よ鏡」はグリムの「白雪姫」のパロデイであるが、こんなことは誰だってわかっていることだ。「体臭」も不快な作品で、こうした作品を楽しむには、まずこれらの作品を不快と思える過敏な神経が必要であり、同時にそうした不快感を楽しめる自虐性か楽天性が必要である。過敏な神経と楽天性を同時に持っていれば分裂症であり、過敏な神経と自虐性を同時に持っていれば偏執症である。あなたはどちらだろうか？

資料篇 1 『にぎやかな未来』単行本版より

解説・あとがき

Part 1 どたばた・ファンタジイ／解説「人間すべて……」

森羅万象みなドタバタ、人間すべてドタバタ・タレントという考えかたにとりつかれはじめたのは、比較的最近のこと。

だが、この第一部のほとんどの掌編は、ぼくのドタバタ開眼よりもだいぶ前の作品である。むろん、最近になって書きなおしてはいるものの、十一篇中七篇が同人誌時代のもので、「星は生きている」は事実上の処女作である。この第一部へ分類しなかったもののなかにも、ドタバタ的要素の多いものがたくさんあり、どうやらドタバタというのは、ぼくにいちばんぴったりした料理法であるらしい。

自分で読みかえして、げらげら笑ってしまう作品だけを、ここへ集めた。

Part 1　どたばた・ファンタジイ／あとがき

いちばん最後に収録した「亭主調理法」は、ある料理専門誌からの依頼で書いたものだ。内容をよく読んでいただければ、その雑誌の名はすぐおわかりになるはずだ。

ところが、没にされた。話を聞くと、編集長が顔色を変えたという。「包丁は神聖である」というのが編集方針らしいのだ。それならぼくのところへなど、原稿を頼みに来なければよかったのである。それもわざわざ、料理テーマという指定までして……。

だいたい「神聖」とか、「主義主張」などということばを聞いて、ぼくがどういう反応を示すと思ったのだろう。こっちはますます、茶化したくなるだけだ。だから書き直しはおことわりした。先方は困り、こっちは原稿料をとり損じた。

作家の作品歴を知らずして原稿を依頼するとこういう結果になるという好見本。収録作品中、唯一の未発表作品である。

Part 2　風俗・ファンタジイ／解説「現代と寝て……」

時事風俗をとり入れたSFを書くようになったのは、ここ二、三年のことである。三年前、大阪から東京へ出てきたことが、ひとつのきっかけになったらしい。

作品中に時事風俗をとり入れないSF作家もいるが、ぼくは作品を後世に残す気はぜんぜんないから平気だ。中原弓彦式にいえば、「現代と寝ている」わけで、たいへん気楽である。一、二をのぞき、ここ一年間以内に書いたものばかりである。

Part 2　風俗・ファンタジイ／あとがき

これは、この掌篇集全体にいえることだが、基本となるアイデアを使って、のちに四、五十枚の短篇に仕立て直した作品もふくまれている。

そのふくまれぐあいが、この第二部ではいちばん多いようだから、おくればせながら、ひとことおことわりしておきます。短篇の場合は自分で社会派SFなどと銘うって粋がっているが、発想はじつのところ、こういった他愛ないアイデアが原型になっているのだということ、よっくごらんになってお笑いください。

Part 3　ファンタジイ・ファンタジイ／解説「ある女性がぼくに……」

自分でいちばん好きなのが、この第三部である。

ところが、こういった系列のものは、なかなか商業誌には載せてもらえない。ここに収録したもののほとんどは、修養団の機関誌である「向上」に発表させてもらったが、書いた時期は十年前くらいから、数か月前の最近にまでわたっている。

「こういうものを、どうしてもっと書かないんですか」

と、ある女性がぼくにたずねた。

そんなにたくさん書けるものでもないし、最近、こういう掌編のアイデアが浮かぶことはだんだんすくなくなってきた。悲しむべきことであると自分でも思っているのである。

Part 3　ファンタジイ・ファンタジイ／あとがき

最後の「時の女神」は、ある時計会社の海外向けパンフレットに書いたもので、英、独、仏、中国の四カ国語に翻訳されたが、日本語――つまり原文のまま発表するのはこれが最初。

本短篇集中唯一の「本邦未公開」作品であります。

Part 4　SF・ファンタジイ／解説「どうせファンタジイだ……」

SFといったって、どうせファンタジイだし掌篇なのだから、それほど難解なものはない。SF・ファンタジイといえば、この本に収録した掌篇ぜんぶがSF・ファンタジイであるともいえる。ここにはただ、SF味の濃いものを集めてみただけである。

「お助け」が、ぼくの処女作ということになっている。商業誌（旧「宝石」）に載った最初の作品だ。この時は故江戸川乱歩先生のお世話になった。

また十篇中五篇は、急逝された山川方夫氏の後を引継いで「科学朝日」に連載したものである。

Part 4　SF・ファンタジイ／あとがき

いわゆる、SF用語なるものがあり、SF的設定なるものがある。

今ではなかば常識化しているのだが、この第四部ではそれを、今さらのようにくり返している作品が多く、いささかはずかしい。これはつまり、ぼくがSFを書きはじめたばかりの頃は、SF用語が一般にまだそれほど浸透していなかったため、得意になってその知識をひけらかしたために起こったものである。書きなおそうかとも思ったが、別の部分の、一種の青臭い魅力までなくなるような気がして、あえてそのままにした。ご諒承願いたい。（今だって青臭いじゃないかといわれれば、それまでだが）

余談だが、「到着」を読んだ星新一氏がこんなことをいった。
「このペチャッという音を、いったい誰が聞いたんだい」

（『にぎやかな未来』三一書房、一九六八年八月）

資料篇 2 『笑うな』単行本版より

あとがき

これは「にぎやかな未来」に次ぐ、ぼくの二冊めのショート・ショート集である。といっても、単行本未収録のものは数篇だけで、あとは再録したものであることをおことわりしておく。

四年前、徳間書店から「発作的作品群」という、エッセイやショート・ショートなどをごった煮的に収めた単行本を出してもらった。エッセイがいささか現今《いま》では色褪せてきたため、この本は絶版にした。しかしショート・ショートは惜しいので、ここに再録した。これがこの本の芯になっている。

さらにまた、もっと前に河出書房から、「欠陥大百科」という、やはりエッセイやショート・ショートなどをごった煮的に収めた単行本を出してもらった。この中からショート・ショートだけを抜き出し、ここに再録した。それが数篇。

さらにまた、早川書房からポケット版で出してもらった短篇集「東海道戦争」

「ベトナム観光公社」「アルファルファ作戦」「馬は土曜に蒼ざめる」の四冊が、同じ早川書房で文庫に収められた際、ページ数の関係でショート・ショートだけを省いておいた。原本の方は絶版なので、それらのショート・ショートをここに収めた。これらの中にはショート・ショートとも短篇とも区別しにくい、比較的長い作品が多い。『ハリウッド・ハリウッド』だの『べムたちの消えた夜』だのがそれである。

つまりここには、「にぎやかな未来」に収録した以外の、ほとんどすべてのショート・ショートを収めたわけである。最近ではまったくショート・ショートを書かなくなってしまい、今後もおそらく書くことはないだろうと思えるので、これがぼくの、最後のショート・ショート集になりそうである。

昭和五十年　夏

筒井康隆

（『笑うな』徳間書店、一九七五年九月）

解説

日下三蔵

日本初のSFプロパー作家が星新一であったため、初期のSFブームはショートショートブームと重なるところが多かった。いわゆる日本SF第一世代の作家たちで、ショートショート集を出していない人は、ほとんどいない。半村良や光瀬龍など、ショートショートが得意とはいえない作家まで、一冊分以上の作品を書いているのだから、それだけ需要があったのだ。

星新一、筒井康隆以外の主なショートショート集を挙げると、このようになる。

福島正実『SFハイライト』（65年4月／三一書房）
『分茶離迦』（69年12月／ハヤカワ・SF・シリーズ）
『未踏の時代』（71年11月／ハヤカワ・SF・シリーズ）

『就眠儀式』（76年10月／角川文庫）
小松左京『ある生き物の記録』（66年6月／ハヤカワ・SF・シリーズ）
『明日の明日の夢の果て』（72年11月／角川書店）
『一生に一度の月』（79年5月／集英社文庫）
『まぼろしの二十一世紀』（79年11月／集英社文庫）
眉村　卓『ながいながい午睡』（69年5月／三一書房）
『C席の客』（71年8月／日本経済新聞社）
『ぼくの砂時計』（74年9月／講談社）
豊田有恒『自殺コンサルタント』（69年7月／三一書房）
『イルカの惑星』（74年12月／文化出版局）
『夢の10分間』（75年9月／徳間書店）
広瀬　正『タイムマシンのつくり方』（73年3月／河出書房新社）
平井和正『怪物はだれだ』（75年1月／角川文庫）
矢野　徹『王女の宝物蔵』（75年6月／文化出版局）
半村　良『幻視街』（77年4月／講談社）
光瀬　龍『見えない壁』（79年2月／立風書房）

ＳＦ専門誌だけでなく、ミステリ専門誌、中間小説誌、週刊誌、新聞、ＰＲ誌、学年誌とショートショートを求める媒体は多かった。この傾向は八〇年代に入るまで続き、第二世代作家でも、梶尾真治、横田順彌、かんべむさし、堀晃、川又千秋らはショートショート集を出している。

昭和のうちに出た筒井康隆のショートショート集は、以下の四冊。一〇〇一篇の星新一や二〇〇〇篇超えの眉村卓ほどではないにせよ、四冊に百三十篇以上が収録されており、これ以外の作品集に入っているショートショートも、かなりある。その中に、「お助け」「到着」「笑うな」「座敷ぼっこ」「睡魔のいる夏」など著者の代表作とみなされる作品がいくつも含まれているのだから、筒井康隆の作風とショートショートは相性が良かったといっていいだろう。

Ａ　にぎやかな未来
68年8月　三一書房　48篇
72年6月　角川文庫　41篇
76年11月　徳間書店
16年6月　角川文庫（改版）

B　笑うな　75年9月　徳間書店　34篇
　　　　　80年10月　新潮文庫
　　　　　02年10月　新潮文庫（改版）
C　あるいは酒でいっぱいの海　77年11月　集英社　30篇
　　　　　79年4月　集英社文庫
　　　　　21年8月　河出文庫　＊本書
D　くたばれPTA　86年10月　新潮文庫　24篇
　　　　　15年12月　新潮文庫（改版）

このうちA、B、Dは今世紀に入ってから改版や新装版が出て、今でも入手可能であるため、今回、唯一新刊で入手できなくなっていた『あるいは酒でいっぱいの海』を、河出文庫から再刊する次第である。

実は四冊の中で、新作をまとめた通常のショートショート集は、Aだけなのである。自ら主宰して発行していた「NULL」を始め「宇宙塵」「宇宙気流」「パラノイア」といったSF同人誌の掲載作、急逝した山川方夫のピンチヒッターとして依頼された「科学朝日」の連載作、「MEN'S CLUB」「話の特集」などの一般誌掲載作と、多彩な作品が収められている。

長尾みのる氏のイラストがふんだんに収録されたこの本は、「Part 1　どたばた・ファンタジイ」「Part 2　風俗・ファンタジイ」「Part 3　ファンタジイ・ファンタジ

1968年8月／三一書房

1972年6月／角川文庫

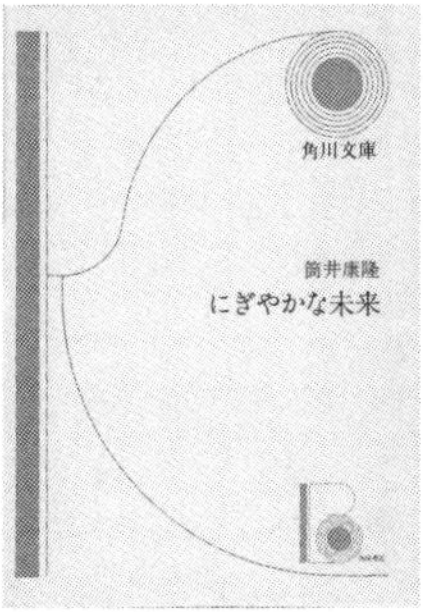

角川文庫1972年版の特装版

1976年11月／徳間書店

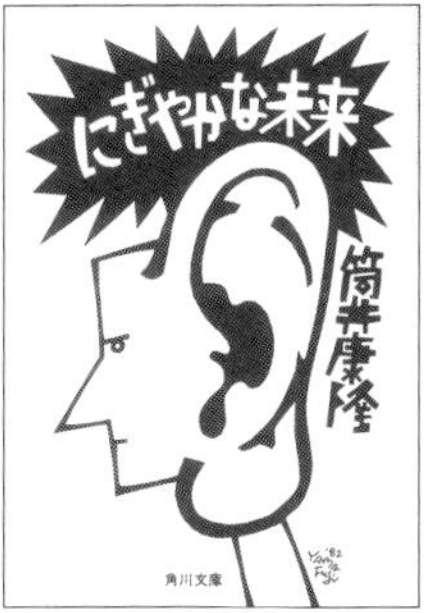

角川文庫1972年版の新装版

2016年6月／角川文庫（改版）

イ」「Part 4　SF・ファンタジイ」の四部構成になっていて、それぞれに「解説（まえがき）」と「あとがき」が付されている。もちろんひとつひとつは短いものだが、貴重な自作解説でファンには興味が尽きない。その後、どこにも再録されたことがなく、新潮社版『筒井康隆全集』にも未収録なので、筒井ショートショート資料として、本書の巻末にまとめて再録した。

第六短篇集『幻想の未来・アフリカの血』（68年8月／南北社）が七一年八月に『幻想の未来』のタイトルで角川文庫に入った際、ページ数が少なかったため、Aから「姉弟」「ラッパを吹く弟」「衛星一号」「ミスター・サンドマン」「時の女神」「模倣空間」「白き異邦人」の七篇が増補された。この本が筒井康隆の最初の文庫本である。

そのため、Aが角川文庫に収録された際には、その七篇が削除されており、以後、徳間書店のハードカバー版も、角川文庫の新装版も、一貫して四十一篇の作品集として刊行されている。

Bは《ハヤカワ・SF・シリーズ》の短篇集が文庫化された際に省かれたショートショートと、そのままの形で文庫化しにくい作品集『欠陥大百科』（70年5月／河出書房新社）と『発作的作品群』（71年7月／徳間書店）からショートショートだけを抜き出してまとめた作品集である。

『東海道戦争』（65年10月／ハヤカワ・SF・シリーズ）から「トーチカ」「ブルドッグ」「座敷ぼっこ」「廃墟」、『ベトナム観光公社』（67年6月／ハヤカワ・SF・シリーズ）から「ベムたちの消えた夜」「末世法華経」「ハリウッド・ハリウッド」「タック健在なりや」「猫と真珠湾」「産気」「会いたい」「赤いライオン」、『アルファルファ作戦』（68年5月／ハヤカワ・SF・シリーズ）から「ある罪悪感」「セクション」、『馬は土曜に蒼ざめる』（70年7月／ハヤカワ・SF・シリーズ）から「笑うな」、『欠陥大百科』から「接着剤」「駝鳥」「蝶《チョウ》」「月（血みどろウサギ）」「マイ・ホーム」「流行」、『発作的作品群』から「客」「自動ピアノ」「正義」「夫婦」「帰宅」「見学」「特効薬」

1975年9月／徳間書店

1980年10月／新潮文庫

2002年10月／新潮文庫（改版）

「墜落」「涙の対面」「悪魔を呼ぶ連中」「最初の混線」「遠泳」「傷ついたのは誰の心」を、それぞれ収録。

つまり、初刊本の「あとがき」にある「単行本未収録のものは数篇だけ」というくだりは著者の勘違いで、この本はすべて既刊からの再収録本である。

三冊目のショートショート集となるCは、正方形に近い変形判の単行本として刊行された。初刊本の「あとがき半分・解説半分」を見ると、集英社の担当編集者である田中捷義氏が驚異的な作品発掘力を発揮して、未刊行のショートショートを集めてきたことが分かる。それでも通常の単行本にするには枚数が不足で、余白を大きく取った変形判の単行本にしたのは、少しでも束《つか》を出すための苦肉の策だったのだろう。

C＝本書の収録作品三十篇の初出データは、以下のとおり。本書には、初刊本にしか入っていなかった「あとがき半分・解説半分」と集英社文庫版の山野浩一氏による解説を、どちらも収録させていただいた。

あるいは酒でいっぱいの海　「高2コース」67年5月号　＊「海水が酒に……」改題

消失　「朝日新聞」71年8月21日付
鏡よ鏡　「朝日新聞」71年11月13日付
いいえ　「朝日新聞」71年7月10日付
法外な税金　「朝日新聞」71年6月5日付
女の年齢　「朝日新聞」71年10月9日付
ケンタウルスの殺人　「漫画讀本」66年4、5月号
トンネル現象　「科学朝日」65年12月号
九十年安保の全学連　「週刊朝日」68年8月9日号

1977年11月／集英社

1979年4月／集英社文庫

脱ぐ　「NULL」第2号（60年10月）
二元論の家　「NULL」第4号（61年6月）
無限効果　「NULL」第3号（61年2月）
底流　「NULL」第5号（61年10月）
睡魔のいる夏　「NULL」第8号（62年12月）

表題作「あるいは酒でいっぱいの海」のタイトルは、エイヴラム・デイヴィッドスンのヒューゴー賞受賞作「あるいは牡蠣《かき》でいっぱいの海」をもじったもの。《ハヤカワ・SF・シリーズ》のアンソロジー『ヒューゴー賞傑作集No.1』に収録されていたから、当時のSFファンには元ネタの作品は、よく知られていたはずである。

ただ、原稿を渡された学年誌の編集者は、SFファンではなかったようで、掲載時に作者に無断で「海水が酒に……」という身も蓋《ふた》もないタイトルに変えられてしまっていた。その後、掲載誌を忘れて単行本に入れ損なっていたものだが、七六年にファンが発見し、奇想天外社のSF専門誌「奇想天外」八月号に本来のタイトルに戻して再録され、第三ショートショート集の表題になったのである。

「奇想天外」再録時に付された「著者解説」は、以下の通り。

この作品は十年前に、ある学習誌に書いたものである。その後、「海が酒になる変な話を書いた」という記憶だけが残り、どこへ発表したのか忘れてしまったので、作品集に収録することができなかった。たまたまワセダ・ミステリ・クラブがぼくの作品目録を作っている際に、学研「高二コース」のバックナンバーから（昭和四十二年五月号）見つけ出してきてくれたので、ふたたび日の目を見ることになった。掲載時にはタイトルを勝手に変えられ「海水が酒に……」という泥臭いものになっていたことも思い出した。まことに非科学的な話であるが、ほとんどもとのままの形でお眼にかける。

「ほとんどもとのままの形でお眼にかける」とあるが、初出誌と比較してみると、ストーリー自体は変わらないものの、文章は全体的に細かく手が入って修正されていることが分かる。

星新一、笹沢左保、小松左京、結城昌治、都筑道夫とのリレー形式で参加した「朝日新聞」の連載「土曜コーナー・600字ショート」は、七〇年六月十三日付

「正義」から七一年十一月十三日付の「鏡よ鏡」まで十五篇が掲載されており、本書に収録されていない十篇は、すべて『発作的作品群』に収められている。というか、連載の途中で『発作的作品群』が出ているため、前半の十篇のみが収録され、後半の五篇が残されていたのだ。

なお、『発作的作品群』所収の十篇のうち、「タバコ」と「訓練」を除いた八篇は、『笑うな』に収められた。

文藝春秋の月刊誌「漫画讀本」は推理作家による懸賞付き推理クイズを連載しており、「ケンタウルスの殺人」はこのコーナーのために書かれたSFミステリである。「解決編」は次号（5月号）に掲載。初出時の懸賞商品は一等賞が伊豆国立公園下田温泉ホテルクーポン（五名）、二等賞がメンネン男性化粧品セット（十名）。応募総数四八二三通のうち正解は二一九二通であった。

四月号に「読者への挑戦〈今月のヒント〉」として著者のこんなコメントがある。

推理に必要なデータは全部出ています。科学的、SF的知識は大して必要ないでしょう。登場人物たちのいう「時間」は、便宜上ぜんぶ地球時間と同じだと考えてください。もちろん、ぜんぶこの星の時間として考えてくださってもいいわけです。この事件は単独犯です。リュウ氏を殺しダイヤを奪ったのは誰か？　情婦のオデンさん、ホテルの支配人、ロボットR・12号、オリオン星外交官クラクラ氏。犯人はこの四人の中にいます。

「漫画讀本」の推理クイズを集めたアンソロジー『ホシは誰だ？』（80年5月／文藝春秋→84年3月／文春文庫）にも収録された他、八三年十一月にはCSKソフトウェアプロダクツから「犯人《ホシ》は誰だ！　筒井康隆のケンタウルスの殺人」のタイトルでパソコンゲームが発売されている。

「科学朝日」の連載ショートショートは、六二年に五篇、六五年に六篇が掲載されており、本書に収録されていない十篇のうち、「セクション」と「赤いライオン」は『笑うな』に、それ以外の八篇は『にぎやかな未来』に、それぞれ収められている。

「トンネル現象」のアイデアは六九年の短篇「国境線は遠かった」の原型と思われるので、既刊のショートショート集には入れずにいたものであろうか。

大阪のミニコミ誌「団地ジャーナル」の連載ショートショートは、小松左京の紹介で始めた仕事だという。小松左京、筒井康隆、眉村卓の三人によるリレー連載で、作中に必ず団地を登場させる、という制約があった。

小松左京の作品は『一生に一度の月』（79年5月／集英社文庫）、眉村卓の作品は『黄色い夢、青い夢』（82年7月／集英社文庫）で初めて書籍化されているが、いずれも集英社であることから、『あるいは酒でいっぱいの海』の担当者だった田中氏の仕事かもしれない。

小松左京の「正月料理」は二階に住む夫婦がお歳暮のお礼にでかけ、妻は一階の筒井康隆氏の部屋へ、夫は三階の筒井俊隆氏の部屋へ行く、というもの。筒井俊隆氏は筒井さんの実弟である。筒井家の家族同人誌「NULL」にもSFを発表しており、短篇「相撲喪失」は筒井さんのデビュー作となった「お助け」とともに探偵小説専門誌「宝石」に転載された。この時には同誌の編集長だった江戸川乱歩の推薦文と「SF一家御紹介」という記事が添えられている。また、短篇「消去」は《ハヤカワ・SF・シリーズ》のアンソロジー『SFマガジン・ベストNo.2』に収録された。

国際情報社の生活情報誌「家庭全科」の連載ショートショートは七一年一月号から七二年一月号まで十二回掲載（七一年九月号は休載）されており、本書以前には「ブロークン・ハート」が『発作的作品群』に入ったのみであった。

残る五篇のうち「ナイフとフォーク」「アメリカ便り」「香りが消えて」「タイム・マシン」は『筒井康隆コレクションⅢ 欠陥大百科』（15年10月／出版芸術社）、「脱走」は『筒井康隆コレクションⅣ おれの血は他人の血』（16年1月／出版芸術社）で初めて単行本化された。

「週刊小説」は実業之日本社の週刊小説誌で、隔週刊化、「月刊J-novel」へのリニューアルを経て、現在はWebマガジン「Webジェイ・ノベル」になっている。七六年十月二十五日号には新作ショートショートが四篇一挙掲載されており、「発明後のパターン」だけは『バブリング創世記』（78年2月／徳間書店→82年11月／徳間文庫→19年9月／徳間文庫）に収録された。

自らが主宰して六〇年から六四年まで十一号を発行した「NULL」には、毎号作品を発表しており、特に七号までは複数のペンネームを用いて二作から五作を書いている。そのうち短いものは『にぎやかな未来』に収録されており、十枚から三十枚の比較的長めのものが、本書で日の目を見た。

なお、「NULL」に掲載された筒井康隆の全作品とエッセイ、埋草記事、諸家からの手紙などについては、「筒井康隆・イン・NULL」と題して出版芸術社『筒井康隆コレクション』の一巻から四巻までに収めておいたので、興味をお持ちの向きは、参照していただきたい。

D『くたばれPTA』の内容紹介については、本書に続いて河出文庫から刊行される新編集のショートショート集の解説で行う予定である。ぜひ、併せてお読みください。

なお、本稿の執筆および本書の編集に当たっては、尾川健、高井信の両氏より、貴重な資料と情報の提供をいただきました。ここに記して感謝いたします。

（SF・ミステリ評論家、フリー編集者）

本書は一九七七年十一月に集英社より刊行され、
一九七九年四月に集英社文庫化されました。

あるいは酒《さけ》でいっぱいの海《うみ》

二〇二一年八月一〇日　初版印刷
二〇二一年八月二〇日　初版発行

著者　筒井《つつい》康隆《やすたか》
発行者　小野寺優
発行所　株式会社河出書房新社
〒一五一-〇〇五一
東京都渋谷区千駄ヶ谷二-三二-二
電話〇三-三四〇四-八六一一（編集）
〇三-三四〇四-一二〇一（営業）
https://www.kawade.co.jp/

ロゴ・表紙デザイン　粟津潔
本文フォーマット　佐々木暁
本文組版　KAWADE DTP WORKS
印刷・製本　中央精版印刷株式会社

Printed in Japan ISBN978-4-309-41831-5

小松左京セレクション 1 日本

小松左京　東浩紀〔編〕 41114-9

小松左京生誕八十年記念／追悼出版。代表的短篇、長篇の抜粋、エッセイ、論文を自在に編集し、ＳＦ作家であり思想家であった小松左京の新たな姿に迫る、画期的な傑作選。第一弾のテーマは「日本」。

小松左京セレクション 2 未来

小松左京　東浩紀〔編〕 41137-8

いまだに汲み尽くされていない、深く多面的な小松左京の「未来の思想」。「神への長い道」など名作短篇から論考、随筆、長篇抜粋まで重要なテクストのみを集め、その魅力を浮き彫りにする。

法水麟太郎全短篇

小栗虫太郎　日下三蔵〔編〕 41672-4

日本探偵小説界の鬼才・小栗虫太郎が生んだ、あの『黒死館殺人事件』で活躍する名探偵・法水麟太郎。老住職の奇怪な死の謎を鮮やかに解決する初登場作「後光殺人事件」より全短篇を収録。

小川洋子の偏愛短篇箱

小川洋子〔編著〕 41155-2

この箱を開くことは、片手に顕微鏡、片手に望遠鏡を携え、短篇という名の王国を旅するのに等しい——十六作品に解説エッセイを付けて、小川洋子の偏愛する小説世界を楽しむ究極の短篇アンソロジー。

不思議のひと触れ

シオドア・スタージョン　大森望〔編〕 46322-3

天才短篇作家スタージョンの魔術的傑作選。どこにでもいる平凡な人間に“不思議のひと触れ”が加わると……表題作をはじめ、魅惑の結晶「孤独の円盤」、デビュー作「高額保険」ほか、全十篇。

拳闘士の休息

トム・ジョーンズ　岸本佐知子〔訳〕 46327-8

心身を病みながらも疾走する主人公たち。冷酷かつ凶悪な手負いの獣たちが、垣間みる光とは。村上春樹のエッセイにも取り上げられた、Ｏ・ヘンリー賞受賞作家の衝撃のデビュー短篇集、待望の復刊。